Leben und Tod des Benno Schreiber I

Bernardo Schramm

Leben und Tod
des Benno Schreiber I

Bibliografische Information der Deutschen Nationalbibliothek:
Die Deutsche Nationalbibliothek verzeichnet diese Publikation
in der Deutschen Nationalbibliografie; detaillierte bibliografische
Daten sind im Internet über http://dnb.dnb.de abrufbar.

© 2013 Bernardo Schramm
Satz, Umschlaggestaltung, Herstellung und Verlag:
BoD – Books on Demand

ISBN: 978-3-8482-7023-1

Inhalt

Vorwort

Dies ist die bewegte Lebensgeschichte eines jungen Mannes, der sich ungewollt in ein gefährliches Abenteuer begibt. Alleine, seine Freundin zurücklassend, fernab einer ihm bekannten Welt. Brasilien und Ecuador sind zwei Stationen auf diesem Weg, die ihm ungeahntes Insiderwissen vermittelt. Von seiner Lebenslust und seinem jugendlichen Leichtsinn übermannt, gerät er, Benno Schreiber, in die unbarmherzigen Fänge der Unter- und Halbwelt einer brasilianischen Großstadt. Kein Vergleich zu den in Deutschland üblichen Verhältnissen. Nur durch Flucht gelingt es ihm, dieser Hölle letztendlich zu entkommen. Sein Weg zurück nach Europa, zurück zu der großen Liebe kostet ihn fast das Leben. Er wird gezwungenermaßen zum Mörder und Drogenkurier, später dann arbeitet er im Sicherheitsdienst in einer paramilitärischen Einheit und hat es im Hinterland Brasiliens mit der Holzmafia, Wilderern, Viehdiebstahl und in Ecuador mit Pipelinesabotage zu tun. Bei seinem Fußmarsch durch die Atacama hat er den Tod vor Augen. Zwischendurch verbringt er über einen Monat in einem Krankenhaus in Quito. Als er endlich über einen langen Umweg nach Hause, nach Deutschland kommt, findet er seine große Liebe auf dem Sterbebett vor.

Die hier geschilderte abenteuerliche Biographie beruht auf Tatsachen. Verständlicherweise wurden Personen und Ortsnamen geändert. Auch der Zeitpunkt ist nicht identisch mit dem der Erzählung. Trotzdem, glaube ich, wird mir der Leser dies verzeihen.

Ankunft in Rio de Janeiro

Da stand ich nun, nach so vielen Jahren, auf dem Boden meiner Heimat, die ich so lange vermisst und von der ich immerzu nur geträumt hatte. Über all die Jahre hin hatte die Sehnsucht an meinem Herzen genagt. Alte Schwarz-Weiß-Fotos und Zeitschriften vergangener Tage hatten geholfen über all diese Zeit Erinnerungen wachzuhalten. Auch hörte ich schon als Kind immer gespannt zu und sog alles auf, worüber sich meine Oma und meine Eltern, aber auch Bekannte, die sich bei uns zu Besuch befanden, unterhielten. Einfach alles, was eben das Land Brasilien und die Menschen dort betraf. Jetzt war ich endlich zurück, zurück im Land meiner Träume. Nun musste ich nicht mehr träumen. Zu Ende die Zeit der quälenden, bitteren Saudade. Jetzt war alles Realität. Ich war zurück! Das Gefühl von Erhabenheit machte sich in mir breit und ein tiefer erlösender Seufzer drang aus meiner Brust. Ein echtes Glücksgefühl! Es war noch sehr früh am Morgen, als ich aus dem Flugzeug der LAN-Chile auf die Gangway hinaustrat. Ein unerwartet kalter Wind schlug mir da entgegen. Hoffentlich sollte das nicht zu einem bösen Omen für mich werden! In Europa war es gestern, am Tag des Abfluges, noch recht heiß gewesen. Daher war die von mir gewählte Bekleidung für hiesige Verhältnisse doch ein wenig zu sommerlich. Ich war der einzige männliche Passagier, der in Shorts und T-Shirt aus dem Flieger gespuckt wurde. Oh, welche Blamage! Alle Mitreisenden des Fluges trugen zumindest lange Hosen, Hemd oder Pullover, die Frauen zum Teil

Jacken, aber hie und da auch Mäntel. Frauen frieren ja ohnehin mehr als wir Männer. Die meisten Passagiere hatten sich während des Fluges auf der Bordtoilette umgezogen, während ich es vorgezogen hatte, zu schlafen. Hätte ich geahnt, was mir bevorstand, hätte ich der Bordtoilette auch einen Besuch abgestattet. Jetzt erst fiel mir ein, dass es hier im Land Winterzeit war, während in Europa der Sommer regierte. Hatte darüber gar nicht nachgedacht! Für diese Nachlässigkeit musste ich daher nun meinen Tribut zahlen. Wie ein dummer Tourist kam ich mir vor. Mir war es peinlich und ich hatte das Gefühl, als wären die Augen aller Reisenden auf mich gerichtet. Voller Hohn die einen, voller Mitgefühl die anderen. In Wirklichkeit handelte es sich zum Glück nur um eine Einbildung meinerseits. Niemand nahm Notiz von mir. Alle wollten nur raus aus der Maschine, die sie so viele Stunden auf engstem Raum gefangen gehalten hatte. Man spürte förmlich die Erleichterung unter den Passagieren, heil angekommen zu sein. Daher auch der erleichterte Applaus nach der geglückten Landung. Bei dem anfänglichen Gedanken, alle hätten ihre Blicke nur auf mich gerichtet, fing ich an, am ganzen Körper zu frieren. Zu so etwas hätten meine Freunde in Deutschland gesagt: »Na, Benno, mal wieder Pech gehabt und voll ins Fettnäpfchen getappt!« In Gedanken konnte ich sie vor mir sehen, wie sie bei dem Anblick, den ich jetzt hier bot, herumalberten. Ein leichtes Schmunzeln zog über mein Gesicht, das sich jedoch gleich wieder verlor. Benno, ganz ernst bleiben, sagte ich mir. So tun, als wäre es das Normalste in der Welt, mit Shorts und T-Shirt im tiefsten brasilianischen Winter herumzulaufen. Da sollten die Einheimischen mal sehen, wie hart ein Deutscher sein konnte, auch wenn es sich bei ihm nur um einen halben Deutschen handelte. Wenn nur die Gänsehaut nicht wäre, die das Gegenteil verriet.

Um diese Stunde herum herrschte noch wenig Betrieb auf dem neu gebauten und vor nicht allzu langer Zeit eingeweihten Flughafen, der weit außerhalb der Stadt auf einer sumpfigen Insel lag. Der Wind wehte den Geruch von Brackwasser aus der nahegelegenen Bucht herüber. Ein recht unangenehmer Gestank. Bei den ersten Atemzügen hat man das Gefühl, es bleibt einem die Luft weg. Mit der Zeit gewöhnt man sich jedoch daran. Der eine schneller, der andere etwas langsamer. Ich selbst hatte nicht vor, lange in dieser Stadt zu verbleiben. Zwei oder drei Tage, das müsste genügen. Mehr war nicht drin. Warum auch mehr? Hier kannte ich doch niemanden! Dort drunten im Süden, ja dort kannte ich eine ganze Menge an Personen. Hoffentlich hatten sie mich beziehungsweise meine Eltern und die Oma noch nicht vergessen. Immerhin waren seit damals so viele Jahre schon vergangen. Im Osten, dort über dem Atlantik färbte sich jetzt der Nachthimmel mit einem satten Rot, das den neuen Tag ankündigte. Ein herrliches, wunderschönes Naturschauspiel, das ich, einen Augenblick nur, auf mich einwirken ließ. Und schon wurde mir bei dem Anblick dieses Farbenspiels angenehm warm ums Herz. Für den Zeitraum einiger Sekunden nur spürte ich dieses wohlige Gefühl, das durch meine Knochen zog. Da bekam ich einen unsanft harten Rempler in den Rippen zu spüren. »Uff! ...« Der Atem entwich meinen geprellten Lungen. Das war nicht gerade liebevoll gewesen. Ob dies die richtige Art ist für ein friedliches Miteinander? Der harte Stoß riss mich jäh aus meinen tiefsinnigen Betrachtungen heraus. »Por favor, abre o caminho«, forderte mich eine ungeduldige, männliche Stimme hinter meinem Rücken auf. »Ja, ja natürlich!« Verwirrt war ich und musste mich erst einmal sammeln. Normalerweise wäre es nicht so friedlich abgegangen. Ich gestand es niemandem zu, mich anzufassen. Über meine jetzige Reaktion war ich selbst mehr als überrascht. Das war sicherlich meiner Müdigkeit zuzuschreiben. Ich hatte ungewollt einen kleinen Rückstau verursacht. Da stand ich nun mit einem Gefühl der Leere im Kopf und hielt den ganzen Verkehr auf. »Bitte, gehen Sie doch weiter«, forderte die süße Stimme der Flugbegleiterin in einem leicht verärgerten Tonfall. Einfach zu ausgebrannt war ich, um mich zu den Sprechern umzudrehen und entsprechend zu reagieren oder mich für meine Unachtsamkeit zu entschuldigen. Es war wohl auch die Schlappheit nach diesem so langen Flug, von einem Ende der Welt an das andere. Noch erschwerend kam die Zeitumstellung hinzu. Ich atmete also tief durch und setzte mich daraufhin in Bewegung, stieg die Treppe hinunter und ging dann mit schwankendem, unsicherem Schritt, von der Menge der anderen Fluggäste mehr gedrängt als geschoben, über das Rollfeld hinüber zum Empfangsgebäude. Meine Bewegungen fühlten sich automatisch an wie bei einem Roboter. Ich spürte nicht die Euphorie der anderen Mitreisenden, die zum Ausgang drängten, wo sie von lieben Angehörigen oder Freunden erwartet wurden. Mich erwartete niemand. Kein Vater, keine Mutter, keine Frau, keine Freunde. Ich war alleine. Alleine auf dieser Welt.

Mit einem Betrag von dreitausend DM und etwas mehr als eintausend Dollar, einer Tasche mit Kleidern und einem zweiten Paar Schuhe. Mit dem Wunsch nach ein wenig Abenteuer war ich zurückgekommen. Zurück in das Land, in dem ich vor mehr als sechsundzwanzig Jahren geboren worden war. Ich wollte es kennenlernen. Vielleicht blieb ich danach auch für immer? Aber erst einmal schauen, ob es möglich war. Hierzu waren viele Dinge ausschlaggebend. Wohl hatte sich vieles geändert seit damals vor etwa achtzehn Jahren. Eines, das war mir auf alle Fälle fremd! In Brasilien regierte das Militär. Mir war bekannt, dass in der Zeit der Militärdiktatur so manche Gräueltaten geschehen waren und, wenn auch seltener, doch immer noch geschahen. Damals hatte sich die Krise der Unzufriedenheit unter der noch demokratischen Regierung Goulart zugespitzt. Am Ende stand das Militär mit Panzern auf allen wichtigen Straßen und Plätzen. Dieser Machtwechsel kostete viele Menschen das Leben. Oft auf grausamste Art und Weise. Ich musste davon nichts miterleben, denn im Alter von acht Jahren war ich mit meinen Eltern nach Deutschland ausgewandert. Mannheim sollte unsere neue Heimat für die nächsten Jahre werden. Bis gestern war sie es auch geblieben. Meine Heimatstadt! Achtzehn Jahre war ich in Mannheim zu Hause gewesen. Zu Gast über viele, schöne, lange Jahre. Hatte meine Schulzeit dort verbracht, meine Lehre und im Anschluss meinen Militärdienst absolviert. Nach dieser Zeit war ich als LKW-Fahrer im internationalen Fernverkehr tätig. Aber wo die Sonne scheint, muss es auch hin und wieder regnen. So zählte zu den weniger schönen Momenten der Tod meiner gesamten Familie. Zuerst verstarb die Oma, dann der Vater und letztendlich die Mutter. Eigentlich hatte ich mir die Rückkehr hierher nach Rio so ganz anders vorgestellt. Aber so ist das Leben nun mal. Es ist bekanntlich kein Wunschprogramm. Fast hätte ich jetzt auch noch den falschen Ausgang genommen, denn ich sah mich als Ausländer. Es gab einen Ausgang mit Passkontrolle für In- und einen für Ausländer. Ausländer mussten eine Deklaration abgeben, woher sie kamen, wohin sie wollten und wie viel Geld sie bei sich führten. Eine solche Deklaration hatte ich als gebürtiger Brasilianer nicht vorzulegen. Im letzten Moment bemerkte ich meinen Irrtum. Ach ja! Hatte so lange schon in Deutschland gelebt, dass ich mich wie ein Deutscher fühlte. Eigentlich auch kein Wunder. Die deutsche Disziplin lag mir ja im Blut. Sie war mir sozusagen in die Wiege gelegt worden. Von der Abstammung her war ich Deutscher laut deutschem Gesetz, vom brasilianischen Territorialrecht her war ich Brasilianer. Das war gut so! Es hieß, wenn man zwei Staatsbürgerschaften besaß, so konnte man gleich bei beiden Auslandsvertretungen um Amtshilfe bitten, sofern man diese benötigte. Somit besaß ich eine doppelte Sicherheit, für den Fall eines Falles. Die anschließende Pass- und Gepäckkontrolle ließ ich teilnahmslos über mich ergehen und schon stand ich auf der Straße vor dem langgezogenen Gebäude. Zuvor hatte ich die Flughafentoilette besucht und mir etwas Passenderes angezogen. Ein großer, aus Stahlbeton bestehender, moderner Koloss mit überdimensionaler Glasfront, dieses Gebäude. Schon recht imposant anzuschauen, wäre nicht diese Müdigkeit. Ein anderes Mal vielleicht? Davor, auf der Zufahrt, reihten sich trotz der frühen Morgenstunde bereits viele auf Fahrgäste wartende, gelbe Taxis ein. Bis auf wenige Ausnahmen waren das alles nur VW-Käfer. Die Eigentümer dieser buckligen Dinger waren eifrig um Fahrgäste bemüht. Mit lauter Stimme rannten sie hinter jedem aus der Tür kommenden Passagier her. Mit holprigem, einsilbigem Englisch machten einige von ihnen auf sich aufmerksam, wenn sie glaubten einen Gringo vor sich zu haben. Noch waren die an mein Ohr dringenden Laute für mich ungewohnt. »Senhor quer ir ao centro?«, riefen gleich mehrere Stimmen und wollten mir das Gepäck aus der Hand reißen. »Hände weg!«, schrie ich. Mein verärgerter Blick ließ keinen Zweifel daran, dass ich böse werden konnte, sollte sich auch nur einer von ihnen daran vergreifen. Ich ließ es nicht zu, dass jemand mein Gepäck zu fassen bekam, und umklammerte mein Hab und Gut mit eiserner Hand. Letztendlich hatte ich auch einen Teil meines Bargeldes im Handgepäck bei mir. Einen Verlust konnte und wollte ich nicht hinnehmen. Hatte ich doch schon so viel Negatives über die Taxifahrer von Rio gehört. Ob alles Gehörte dann auch wirklich so war, wollte ich nicht am eigenen Leib erfahren. Daher war Aufpassen angesagt. Sie sollen alles andere als ehrlich sein. So mancher Tourist soll ein Opfer von ihnen geworden sein. Ausgeraubt bis aufs Hemd soll sich der eine oder andere irgendwo im Hinterland weitab jeder Zivilisation wiedergefunden haben. Wobei es auch Ausnahmen gab, denn andere Touristen wiederum konnten auch ein Loblied auf deren Ehrlichkeit singen. Es soll schon vorgekommen sein, dass Fahrgäste Geldbörsen und kostbare

Schmuckstücke im Fahrzeug vergessen hatten und man sie ihnen später wieder aushändigte. Es wird wohl wie überall sein. Ein schwarzes Schaf in der Herde genügt schon und man sieht die Andersfarbigen nicht mehr. Jeder dieser Männer wollte mich jetzt regelrecht zu seinem Fahrzeug entführen. Also war eine Fahrt ins Stadtzentrum sehr lukrativ, dachte ich so bei mir. Je mehr Fahrten ein Fahrer am Tag machte, desto größer der Verdienst. Wahrscheinlich hatten die Männer auch noch eine große Familie zuhause, die ernährt werden wollte. Da war jedes Mittel recht, um einen Kunden zu ködern. Doch nicht mit mir! Alles Rufen und Werben half nichts. Zielsicher steuerte ich also auf das erste in der Reihe noch freie Taxi zu. So bejahte ich die an mich gestellte Frage meines Fahrers, ob ich eine Fahrt in die Innenstadt plante. Da erst fiel mir auf, dass ich die an mich gerichtete Frage in deutscher Sprache beantwortet hatte, was jedoch den eifrig um mich bemühten Mann in keiner Weise in Verlegenheit brachte. War es wohl schon gewohnt, deutsche Gäste zu kutschieren. Da war ihm das deutsche Wort »Ja« mit Sicherheit geläufig. Begleitet von einem Kopfnicken, war auch jedem Sprachunkundigen die Bedeutung des Wortes klar. Ein tolles Gefährt hatte er da. Mir blieb die Spucke im Halse stecken. Weißwandreifen, Spritzfänger, die bis zum Boden reichten, verchromte Felgen, rote Plastikkappen auf den Radmuttern und eine etwa zwei Meter hohe Peitschenantenne, an deren Ende eine kleine brasilianische Fahne im Winde wehte. Genau so abenteuerlich sah es im Innenraum aus. Mehrere Heiligenbilder waren auf der Windschutzscheibe festgeklebt. Es war nicht einfach, einen freien Platz zu finden, um durch sie hindurch auf die Fahrbahn zu schauen. Am Armaturenbrett hing eine Vase mit üppigem Plastikblumenschmuck. Der Knauf des Schaltknüppels war aus einem hohlen, bunten Harzkörper, in dessen Innerem eine Lampe leuchtete. Das Lenkrad zierte eine Schlangenhaut. Der Fußboden war mit Teppichen ausgelegt. Die billige Imitation von Perser. Unterhalb des Innenspiegels hingen mehrere kleine silberne Glöckchen. Überall Kitsch, wohin man auch sah. Dieser ganze billige Kram ließ jedoch erahnen, wie sehr der Besitzer sein Gefährt liebte. Der Beifahrersitz war ausgebaut, damit es der Kunde leichter hatte einzusteigen. Somit bot das Taxi nur für zwei Personen Platz. Höchstenfalls Platz für ein Ehepaar und ein Kind. Kam man in einer Gruppe Erwachsener zu dritt an, musste einer in der Gruppe für sich alleine ein Taxi nehmen. Das war umständlich und zugleich ärgerlich. Viel Gepäck durfte man auch nicht mit sich führen. Wer schon einmal in einem VW-Käfer gesessen hat, der weiß auch, warum. Es war einfach kein Platz vorhanden. Ich warf also meine Tasche auf den Sitz, zwängte mich daneben und schon ging die Fahrt los. Der dunkelhäutige Fahrzeuglenker mit den pomadigen Kraushaaren kaute gleichzeitig auf einem Kaugummi und einem Zahnstocher herum. Man sah, er hatte Übung darin. Fast schon akrobatisches Können, beides getrennt voneinander im Mund und gleichzeitig in Bewegung zu halten. Sein dünner Oberlippenbart passte zu den fettig glänzenden Haaren. Die rehbraunen Augen schauten wachsam zwischen den bunten Aufklebern an der Glasfront hindurch auf die davor liegende Fahrbahn. Kam ihm ein Kollege entgegen, so drückte er auf die Hupe, und ein Drei-klangton, einer Fanfare von Jericho gleich, durchbrach die morgendliche Stille. Er sah aus, als ob ihn nichts aus der Ruhe bringen könne. Mich hätten diese Aufkleber beim Fahren immens gestört, aber für ihn waren sie Garant für Sicherheit im täglichen Verkehrsgewühl dieser Millionenstadt. Wozu der Glaube doch fähig ist. Da kann man nur den Kopf schütteln und sich wundern. Weiterhin konnte man davon ausgehen, dass dieser Mann ein guter, treuer Brasilianer war, denn überall lag oder hing eine Nationalflagge. Auch unter meinem Hintern befand sich eine von diesen. Nur in größerer Ausfertigung. Sie bedeckte den gesamten Rücksitz. Ob das gerade ein Beweis von Ehrfurcht gegenüber dem brasilianischen Volk war, möchte ich bezweifeln. Aber was soll's! Andere treten auf ihrer Nationalflagge herum, benutzen sie als Schuhabstreifer und andere wieder decken sich des Nachts mit ihr zu. Angesichts solcher Gedanken verzieh ich mir meine eigene Respektlosigkeit. Recht exotisch bunt und ausgefallen, dieser Geschmack. Mit der Zeit jedoch wurde ich dieser Dinge überdrüssig und meine müden Augen hefteten sich an die vor dem seitlichen Fahrzeugfenster vorbeihuschende Landschaft. Ich war die Ordnung und Sauberkeit in einigen Ländern Europas gewohnt, ganz besonders in Skandinavien, und musste schon zweimal hinsehen, um zu glauben, was ich da sah. Es war einfach gesagt trostlos und traurig zugleich. Der immense Reichtum auf der einen Seite und die abgrundtiefe Armut auf der anderen Seite. Ein von der Natur so reich beschenktes Land und auf der anderen Seite bewohnt von einem so sozialarmen Volk. Unfassbar! Wenn man am Sonntag in die überfüllten Kirchen und Gebetshäuser des Landes geht, trifft man die aus allen sozialen Schichten bestehenden Besucher an, die sich mit Bruder und Schwester anreden. Was für ein Hohn! Dazu fällt mir ein, auch Kain, der seinen Bruder Abel erschlug, war ein solcher!

Daher rate ich, immer vorsichtig sein mit irgendwelchen Brüdern und Schwestern. Die ersten drei beziehungsweise vier Kilometer zog sich der Asphalt durch eine unbewohnte Gegend, dann nach der Überquerung eines stinkenden Kanals sah ich eine Holzbaracke neben der anderen. Sie standen oder besser gesagt klebten am Ufer, dicht bei dicht. Einige dieser Holzhütten hatte man auf in den Grund gerammten Holzpfählen errichtet. Als Zugang zu den einzelnen Behausungen dienten Holzdielen. Fenster gab es keine in diesen zum Teil bunt gestrichenen Hütten. Nur offene, dunkle Vierecke. Das eine oder andere Viereck wurde von einer rudimentär zurechtgezimmerten Luke verschlossen. Die vor neugierigen Blicken schützenden bunten Tücher, die die offenen Fensterhöhlen verdeckten, bewegten sich leise in der morgendlichen Brise. Stille im Land, nur das monotone Brummen des Taximotors war zu hören. Zwischen diesen Bauten war um diese Tageszeit noch kein Leben zu sehen. Nur ein bis auf die Knochen abgemagerter, zerzauster Straßenköter lag eng zusammengerollt an der Bretterwand einer dieser Hütten. Um diesen herum tobten sich zwei junge Welpen aus. Auch sie abgemagert und verwahrlost. Die Bewohner lagen wohl noch in den Betten, vorausgesetzt, sie hatten welche. Bei dem Aussehen dieser Behausungen hielt ich jedoch den Besitz von

Betten für unwahrscheinlich. Hierfür war wohl auch kein Platz. Ohne Ausnahme waren die Gebäude nicht größer als vier auf vier Meter. Da blieb nicht viel Raum, um es sich wohnlich zu machen. Zum Glück raste mein Taxifahrer, als wäre der Teufel hinter ihm her. Das leise, melodische Klingeln der Glöckchen war zu hören, die von den Fahrbewegungen in Gang gesetzt wurden. Fast hätte mich dieser süße melodische Klang ins Reich der Träume versetzt. Armenviertel und Industrieviertel wirr durcheinandergemischt, dazwischen überall riesige Werbeplakate. In bunten Farben wurden die dort lebenden Menschen aufgefordert, durch den Erwerb eines dieser Produkte am aufblühenden Wirtschaftswunder teilzunehmen. Als wären Grund und Boden Niemandsland, auf denen diese überdimensionalen Werbeflächen standen, hatten sich die Ärmsten der Armen sogleich aus Abfallholz, Kartonage und irgendwelchen Blechteilen ein Zuhause geschaffen. Kleine parallele Gesellschaften am Rande der Normgesellschaft. Die Brutstätte der Kriminalität, die diese Stadt tagtäglich aufs Neue geißelt. Bei dem rasanten Tempo, mit dem wir uns vorwärtsbewegten, ließen wir diese grauen, trostlosen Viertel auch bald schon hinter uns, und ohne großen Übergang fuhren wir durch eine Stadt, wie man sie von den bunten Ansichtskarten her kennt. Hier war nichts mehr von zum Himmel schreiender Armut zu sehen. Schöne breite asphaltierte Straßen, links und rechts gesäumt von überdimensionalen Bürgersteigen, ausgelegt mit kleinen schwarzen und weißen Steinchen, zu einem wellenförmigen Ornament geformt. Überall standen Palmen und spendeten den von der Hitze geplagten Einwohnern einen kühlenden Schatten. Die breiten Avenidas waren seitlich von hellen, großzügig gebauten Hochhäusern begrenzt. Wahre Prachtbauten brasilianischer Architektur. Nicht diese langweiligen Betonklötze nach amerikanischem Vorbild, wie man sie sonst auf der Welt antraf. Diese hier, sie fügten sich ein in das Grün der Hügel und Parkanlagen. Einfach ausgedacht und geschaffen für dieses natürliche Panorama. Was mir auffiel, als das Taxi vor dem von mir gewählten Hotel hielt, war das Heer der Straßenfeger schon zu dieser frühen Morgenstunde. Sie waren unübersehbar in ihren orangefarbenen Jacken. Die Straßen ringsum, das musste ich zugeben, waren sehr sauber. Zumindest hier an der Copacabana. Genau wie in Deutschland oder einem anderen Land Europas. Es passte eben alles in das Bild, das sich der ausländische Tourist von diesem Paradies macht. Vor dem Hotel angekommen, fragte mich der Taxifahrer, ob ich Deutscher wäre. »Nao«, verneinte ich seine Frage, »so brasileiro«, stieg aus und ließ einen recht verdutzt und ungläubig dreinschauenden Carioca zurück. Carioca, so nennen sich die Einwohner Rios voller Stolz. Eigentlich darf sich so nur der nennen, der in dieser Stadt geboren wurde. So wie ich! Jetzt aber war ich einfach gesagt zu müde, um irgendwelche Erklärungen diesbezüglich abzugeben. Sollte er denken, was er wollte. Mir war es egal! Ich nahm meine Reisetasche aus dem Fond des Wagens und ging durch den Hoteleingang davon. Ein überaus freundlicher Portier empfing mich gleich darauf an der Hotelrezeption. Schon nach weniger als einer halben Stunde lag ich total erschöpft in einem weichen Bett und fiel in einen tiefen, traumlosen Schlaf.

Rückblick

Hier in dieser Stadt war ich geboren worden, aber aufgewachsen bin ich im Süden des Landes. Mein Vater war ein deutscher Kriegsgefangener, der sich nach der Freilassung hierher abgesetzt hatte und unter dem Kreuz des Südens meine Mutter kennenlernte. Beide heirateten, und wie es so ist, liebten sie sich auch auf das Innigste. Ich war dann das Produkt dieser innigen Liebe. Oma war eine zierliche Frau, hatte aber eine ungeheure Ladung an Energie in ihrem kleinen Körper. Nachdem mein Opa gestorben war, hatte sie deren kleines Unternehmen alleine weitergeführt. Es handelte sich um eine Hemdennäherei. Die Hemden, die die beiden nähten, wurden in einigen Geschäften in Blumenau und in Pomerode verkauft. Später dann übernahmen Vater und Mutter die Firmenleitung. Es war eine für mich sorgenfreie, herrliche Zeit. Wir wohnten in einer Kleinstadt, die vor etwa hundert Jahren von deutschen Einwanderern gegründet worden war und etwas mehr als dreitausend Einwohner zählte. Bis auf ganz wenige Ausnahmen handelte es sich bei diesen um Deutschstämmige. Hauptsächlich aus Pommern, Schlesien, dem Hunsrück und der Eifel, waren sie damals dem Traum von einem besseren Leben gefolgt und in dieses Land gekommen. Aber hier das Paradies zu finden, diesen Traum mussten sie bald aufgeben. Der eine oder andere, ja, das waren diese rühmlichen Ausnahmen, aber der große Rest biss arm ins Gras. Die Nachfahren der ersten Einwanderer hatten den Urwald gerodet und sich eine meist primitive Behausung geschaffen. Die nächste Generation hatte die Besiedelung fortgesetzt. In dieser Gegend gab es heute viele kleine landwirtschaftliche Betriebe, deren Besitzer von dem Erlös der Ernte beziehungsweise der Aufzucht von Haustieren lebten, davon alleine jedoch nicht existieren konnten. Sie mussten als Tagelöhner auf dem Bau oder als Halbtagsbeschäftigte in den umliegenden Fabriken zuverdienen. Auch bei uns, in der elterlichen Hemdennäherei. Wieder einmal war damit bewiesen, was ich immer sagte: Das wahre Paradies finden wir nur dort, wo noch kein Mensch seine Fußstapfen hinterlassen hat. Wir reden vom Teufel, als wäre dieser ein anderes Wesen, doch sind wir selbst der Satan in Person. Auch ich wurde zu einem Produkt dieses teuflischen Seins. Auch ich habe entschieden, was gut und was böse war. Was als lebenswert und was nicht als lebenswert galt. Ich hätte Nein sagen können, hätte damit aber meinen eigenen, frühen Tod in Kauf genommen. Aber davon später!

Wir vier, mein Vater, meine Mutter, meine Oma und ich, wohnten gemeinsam in einem zweistöckigen Haus mit einer schönen großen Veranda. Diese war mir von damals noch in Erinnerung geblieben, weil wir hier auf dieser fast täglich unser gemeinsames Frühstück oder den Nachmittagskaffee einnahmen. Es waren herrliche Stunden, begleitet von den sanften Strahlen der Morgensonne und dem Duft des erwachenden bunten Blütenmeeres, das da drunten, unter der Veranda, im Garten wuchs. Für mich herrlich und schön. Nachdem meine Eltern nun den Betrieb übernommen hatten, ging es rapide bergauf. Mein Vater übernahm den Vertrieb der Produktion. Bald schon wurden die Produkte unseres

Hauses über die Landesgrenze in die benachbarten Staaten, später sogar ins benachbarte Ausland versandt. Er hatte die Palette des Angebotes erweitert. Nicht nur Hemden, nein auch Küchenschürzen und Küchenhandtücher wurden hergestellt. So weit hatten es meine Großeltern nun doch nicht gewagt. Aber da war mein Vater ein richtiger Draufgänger. Ganz anders, als mein Opa es gewesen war. Die Auftragsbücher füllten sich und anfangs wurden die Aufträge noch mit Überstunden bewältigt, bald jedoch mussten neue Mitarbeiter eingestellt werden. Man konnte den alten Mitarbeitern dieses Arbeitspensum nicht mehr zumuten. Der Betrieb und mit ihm die Produktion vergrößerten sich zusehends. Schon gab es in jedem Kaufhaus oder Bekleidungsgeschäft Produkte unseres Hauses zu kaufen. Es kam Geld in die Kasse. Wir hatten ein gepflegtes, herrlich eingerichtetes Heim. Mein Vater kaufte auch ein Auto, wegen der vielen Geschäftsreisen. Unter dem Strich kam dies billiger und war bequemer, als mit dem Überlandbus oder der Bahn zu reisen. Da er sich jedoch nicht traute die neu erworbene Limousine selbst zu steuern, stellte er einen Fahrer ein. Dieser war ihm obendrein oft behilflich, wenn es sprachliche Probleme gab. Noch war er der Landessprache nicht mächtig. Aber er gab sich alle Mühe. Später dann erfüllte sich mein Vater einen Herzenswunsch, der ihm gegönnt war, indem er eine kleine Fazenda kaufte, die ihm supergünstig angeboten wurde. In dieser Gegend galten das Wort eines Mannes und der Handschlag mehr als jedes Stück Papier. Es war ein herrliches Stück Erde. Etwa die Hälfte des Landes war bewaldet. Links und rechts des Weges vom Haupthaus zur

Straße, die nach Indaial führte, erstreckte sich saftiges grünes Weideland. Es duftete so herrlich und würzig. Einfach gesagt ein Traum! Hier fühlte er sich wohl. Er, der Immigrant aus dem kalten Norden. Hier hatte er sein Paradies gefunden. Zehn Alquere, das sind etwa zweihundertundachtzigtausend Quadratmeter. Also etwas mehr als ein Viertel-Quadratkilometer. Zweihundertachtzigtausend Quadratmeter Glück und Freude. Dort hielt sich mein Vater dann zwei schöne Reitpferde. Das war ja schon immer sein heimlicher Traum gewesen, solche zu besitzen. Während des Krieges hatte er seinen Erzählungen nach zwei Pferde gehabt, die ihm jedoch eins nach dem anderen vom Feind unter dem Hintern weggeschossen wurden. Er war von seinem jetzigen Erwerb ganz begeistert und mit allem Recht stolz obendrein. Jede freie Zeit verbrachte er dort. Der Mann fühlte sich wie ein König, hoch oben im Sattel seines Vierbeiners. Jeden Tag kam so ein anderes der beiden Pferde in den Genuss, sich unter dem Sattel zu bewegen. Sonst hielten sie sich auf der Koppel unten am Bach auf. Wenn Besucher kamen, mussten sie sich die Pferde anschauen und er fachsimpelte mit ihnen über alles, was mit diesen Vierbeinern so zu tun hatte. Später legte er sich noch ein Dutzend Milchkühe zu. Auch die blieben unter freiem Himmel. Auch hatte er ein Kreolina-Becken bauen lassen. Hier wurden die Tiere von Zeit zu Zeit hindurchgeführt. Wegen der Bekämpfung von Würmern und anderen parasitären Erkrankungen. Nur zum Melken wurden die Kühe morgens und abends in den Stall getrieben. Die dabei gewonnene Milch wurde dann in eigens hierfür bereitgestellten Milchkannen abgefüllt und im Laufe des Vormittags oder späten Abends von der größten Käserei der Region abgeholt. Das war vertraglich so geregelt. Mit einigen Schweinen, Hühnern, Enten und Gänsen war dann der Bauernhof komplett. Mein Vater war jetzt ein richtiger Bauersmann. Das Federvieh und dessen Produkte dienten dem Eigenbedarf. Rinder und Schweine gingen in die lokale Fleischindustrie. Hier auf der Fazenda verbrachten auch wir, der Rest der Familie, jedes Wochenende. Vorausgesetzt, es war nichts anderes angesagt. Vor der Fazenda, gegenüber der Zufahrtsstraße lief ein kleiner Fluss vorbei, der dann genau da eine Biegung machte, wo die äußere Grenzlinie der Fazenda verlief, und etwa hundertfünfzig Meter auf unserem Gelände dahinfloss. Welches Glück! Der Garant eines fast täglichen Badespaßes für mich. Am Ufer besagten Flusses standen etwas mehr als ein Dutzend Schatten spendende Eukalyptusbäume, einige Palmen und eine Bambusmeute. Unsere Familie hielt sich im Sommer meist dort auf. Eine Stelle, in der sich das Flussbett zu einem kleinen Teich gestaut hatte. Etwa tausend Quadratmeter groß. Oder auch ein wenig größer. Einen Meter tief an der tiefsten Stelle. Gleich da, wo der Vater eine hölzerne Brücke hatte bauen lassen, da fing der See an. Eigentlich hatten wir die Entstehung des Teiches dem unter der Brücke befindlichen Stauwehr zu verdanken. Vater hatte es anlegen lassen, um in einer eventuellen Trockenperiode genug Wasser für die Pflanzungen und für das Vieh zu haben. Doch solange wir dort lebten, kam es nie zu einer Trockenperiode. So kam es auch, dass diese Brückenkonstruktion von vielen der Badegäste als Sprungbrett in den Badespaß miteinbezogen wurde.

Besonders von den kleinen Badegästen, den Nachbarskindern. Oft stellte sich auch Besuch bei uns ein. Freunde und Geschäftspartner meiner Eltern. Kamen sie von weit her, so wurden sie ins Gästezimmer einquartiert. Leute, die bei uns so manche Stunde verbrachten und denen diese herrlichen Badefreuden in unvergesslicher Erinnerung blieben. Nach alter Landessitte gab es gegen Abend einen rot glühenden Grill mit viel Fleisch, Blumenauer Bier, Matetee, Wein aus Rio Grande und Musik. Traurige Balladen, begleitet von der Gitarre oder dem Akkordeon, erfüllten den nächtlichen, sternenbedeckten Himmel. Nicht selten sangen und summten die im Kreise des Feuers sitzenden Besucher mit. So gestaltete sich bei uns der Sommer. Im Winter saß man in unserem Wohnzimmer am offenen Kamin beisammen, den mein Vater gebaut hatte und der technisch wirklich gut und einwandfrei funktionierte. Es war der einzige weit und breit. Auch stellte sich der Kaminbau nicht als Fehlinvestition heraus, denn bei uns im Süden konnte es recht kalt werden. Dann war das Land mit Raureif überzogen, als läge Schnee auf Gras und Büschen. Es gab sogar Orte in unserer Gegend, in denen wirklich Schnee fiel, der dann für Stunden liegen blieb. Für die Kinder dort bedeutete das, an diesen Tagen war schulfrei. Die meisten Schulen waren ohnehin nicht beheizt, auch nicht im Geringsten isoliert. Wie eine Eiskammer also! Erst die warme Vormittagssonne machte dann dem Spaß ein jähes Ende. Diese armen, armen Menschen, die nur ein Holzhaus ohne Dämmung besaßen, das waren die meisten von ihnen, und in der bitteren Kälte der Nacht keinen Schlaf fanden. Alle saßen sie dann in Decken gehüllt um den

Küchenherd herum, in dem dicke Holzscheite loderten, und versuchten sich daran zu erwärmen. Das war ein trauriges Bild, diese Menschen zu sehen, wie sie da beisammensaßen, sich mit allem bedeckt hatten, was der Kleiderschrank hergab, und dennoch vor Kälte zitterten. Aber wie sollten wir so etwas verstehen oder dieses Unbehagen spüren? War es doch bei uns wohlig warm. So hatte auch der Winter für mich nur Positives zu bieten. In den frostigen Nächten stellte ich gezuckerten Orangensaft in kleinen Behältern vor das Küchenfenster und hatte so am Tag darauf Orangeneis. Genauer gesagt Orangensorbet. Übrigens soll Marco Polo so von den Mönchen im Himalaya gelernt haben, Eis zuzubereiten. Eine Götterspeise soll es für sie gewesen sein. Ob es wahr ist, ich weiß es auch nicht. Aber man sagt es zumindest. Auf unserer kleinen Fazenda gab es mittlerweile sehr viel zu tun, daher waren einige Arbeiter angestellt worden, von denen zwei mit ihren Familien dort an der Koppel in kleinen separat stehenden Häusern wohnten und die im Sommer ebenfalls recht viel Gebrauch von dem klaren Flusswasser machten. Besonders deren Kinder. Sie waren meine ersten Spielkameraden gewesen. Wenn Olga, mein Kindermädchen, kurzerhand abgezogen wurde, um in der Küche mitzuhelfen, was immer vorkam, wenn sich Besuch angemeldet hatte, dann waren sie von meiner Mutter dazu verdonnert worden, auf mich aufzupassen. Die Älteren unter ihnen, versteht sich wohl von alleine. Unterstützung fanden sie bei Rolf, unserem Schäferhund. Dieser war im Alter von zwei Monaten zu uns ins Haus gekommen. Ein kleiner Ersatzbruder sozusagen. Wir beide, Rolf und ich, waren im Laufe der darauffolgenden Zeit richtig gute Freunde und Spielkameraden geworden. Wer es von uns beiden am ausgelassensten trieb, war schwer zu beurteilen. Bei jeder Dummheit war er also mit dabei. Anfangs war er ausgelassen, wie ein kleines Kind eben. So hatten wir manches gemeinsame Abenteuer zu bestehen. Einmal war ich einer frei laufenden Entenherde zu nahe gekommen. Das war weniger erfreulich für mich, denn gleich stürzten sich einige von ihnen auf ihren vermeintlichen Feind. Das war ich! Dabei hatte ich gar nicht vorgehabt ihnen etwas zu tun! Obwohl ich laut schreiend davonrannte, verfolgten mich diese Mistviecher und zupften mich mit ihren Schnäbeln. Man soll es nicht glauben, aber es tat weh. Jetzt trat mein Freund Rolf in Aktion. Diensteifrig wie er eben war, warf er sich mutig mitten rein in diesen schnatternden Haufen. Der arme Rolf! War noch zu jung, hatte mit angriffslustigem Federvieh wie diesem keinerlei Erfahrung und sollte bei dieser Gelegenheit entsprechendes Wissen sammeln. Ein für alle Mal! Denn dann war er an der Reihe. Diese schnatternden Federviecher ließen von mir ab und verfolgten nun ihn. Der machte vielleicht Augen, als sie ihn mit ihren Schnäbeln attackierten. Das tat auch ihm weh! Dann tat er das einzig Vernünftige, was er hatte tun können. Rolf ergriff die Flucht! Er rannte laut bellend, mit vor Angst aufgerissenen Augen davon und die Viecher halb im Watschelgang, halb im Fluge hinterher. Trotz allem waren die Enten recht schnell und Rolf hatte Mühe, ihnen zu entkommen. Alles ging so schnell, dass den in der Nähe auf dem Feld arbeitenden Männern wenig Zeit blieb, um zu reagieren. Als sie richtig begriffen hatten, worum es da überhaupt ging, war der Spuk schon vorbei. Rolf hatte Zuflucht in seiner Hütte gefunden. Trotzdem attackierten ihn die in Rage gekommenen Enten weiterhin, durch den Hütteneingang hindurch. Doch der Eingang war so klein, dass jeweils nur eine Ente nach der anderen ihren Hals hineinstecken konnte. Jetzt war es Rolf, der sich im Vorteil befand und der einen oder anderen Ente den Schneid nahm. Mein nackter Oberkörper war voller blauer Flecken. So sehr hatten sie ihre Schnäbel in mein Fleisch gehauen. Von dem Tag an machten wir beide immer einen großen Bogen um Enten und Gänse. Außer wenn sie schön knusprig gebraten auf dem Teller lagen. Dann gehörte die Stunde der Rache uns beiden. Erst mir, dann ihm.

Bem vindo ao Brasil

Nach einem tiefen, traumlosen Schlaf kam ich jetzt in meinem Hotelzimmer zu mir. Ich schaute zu dem großen Fenster hin, das mit einer cremefarbenen Gardine verdeckt war und die genaue Tageszeit nur erahnen ließ. Ein Blick auf meine Armbanduhr, die auf dem Nachttisch lag, sagte mir, dass ich den ganzen Tag verschlafen hatte. Ein großer Druck auf der Blase trieb mich nun aus dem Bett. Nach dem Toilettengang verspürte ich das untrügliche Gefühl von Hunger. Ein Leeregefühl meldete sich pikend aus meiner Magen- und Darmgegend. Ich war mir nicht ganz sicher, ob es im Hotel um diese Uhrzeit noch etwas Anständiges zu essen gab. Ich putzte mir also die Zähne, rasierte mich und nachdem ich mich angekleidet hatte, ging ich hinab an die Rezeption und fragte den dort Dienst tuenden Portier, ob das Restaurant noch geöffnet habe, was dieser mit Bedauern verneinte. Aber er wusste sofort eine entsprechende Adresse, und nachdem ich mich für diesen Tipp bedankt hatte, ging ich in besagte Richtung. Ich muss zugeben, ich war, wie alle anderen Urlauber auch, ein wenig ängstlich. Man hatte in Deutschland ja immer von den vielen, zum Teil recht gewalttätigen Überfällen auf Touristen gehört. Immerhin hatte ich etwa achtzehn Jahre den Boden dieses Landes nicht mehr betreten, also war auch ich einer von ihnen. Einer aus dem Heer der verängstigten Urlauber. Zudem hatte ich ja drunten im Süden meine Kinderjahre verbracht, da war die Welt noch in bester Ordnung gewesen. So hatte ich, bis auf ein paar Dollar, mein ganzes Geld schon bei der Ankunft im Hotelsafe deponiert. Wenn es jetzt auf der nächtlichen Straße zu einem Überfall kommen sollte, so hielte sich der Verlust in Grenzen. Trotz der späten Stunde herrschte lebhaftes Treiben in den vielen Bars und Restaurants der Stadt. Daran musste ich mich erst einmal gewöhnen, denn in Deutschland gehen die Leute früh zum Abendessen, während man hier erst ab zehn Uhr am Abend lebendig wird. Davor ist tote Hose. Das liegt an der Hitze, die den ganzen Tag über auf der Stadt liegt. Die Kühle am Abend lässt die Lebensgeister wieder erwachen. Der Duft nach gebratenem Fleisch zog mir durch die Nase und ich trat in das nächstbeste Lokal. Ich wurde förmlich hineingezogen. Hier roch es so köstlich. Es handelte sich um eine der landesüblichen Churrascarias mit Rodiziosystem. Auf der einen Seite des Raumes standen die Tische und Stühle, während im Raum gegenüber ein überdimensionales Buffet aufgebaut war. Es sah sehr einladend aus. Auch die Preise waren für deutsche Verhältnisse verblüffend niedrig. Man zahlte den Betrag von etwas mehr als fünf Dollar und konnte so viel von dem auf dem Buffet Angebotenen essen, wie man wollte. Zwischen den Tischen lief ein Heer von Kellnern herum, in einer Hand einen Spieß mit verschiedenen Fleischsorten und in der anderen Hand ein überdimensionales Messer. Sobald sie sahen, dass der Gast kein Fleisch mehr auf dem Teller hatte, waren sie zur Stelle und schnitten saftige Tranchen herunter, so lange, bis der Gast abwinkte. Für einen Kannibalen musste dies ein paradiesisches Gefühl hervorrufen. Alle Sorten von Fleisch wurden da angeboten. Zudem gab es reichlich frische Beilagen und, was auf keinen Fall fehlen durfte, Reis und Bohnen. Das Gedränge am Beilagentisch wollte und wollte kein Ende nehmen. Ich ließ mir viel Zeit und aß wie schon lange nicht mehr. Ich trank dazu ein Glas Weißwein. Es war ein nationaler Wein, aus Rio Grande do Sul, dem südlichen Nachbarstaat von Santa Catarina. Später dann, nachdem ich gegessen, getrunken und bezahlt hatte, ging ich die Straße hinunter um den Häuserblock herum zum Strand hin. Der viel gerühmte Strand von Copacabana. Auch in der Nacht ein imposanter Anblick. Trotz der nächtlichen Stunde herrschte auch hier unerwartet viel Betrieb. Der Wind wehte vom Atlantik eine leichte Brise herüber. Trotz der kühlen Luft konnte man die in der Erde gespeicherte Tageshitze spüren. An der Strandpromenade standen alle fünfzig Meter kleine bunte Buden. In der einen wurde gepresster Orangensaft, in der anderen Eiscreme und in der nächsten frische, eisgekühlte Kokosmilch angeboten. Es war einfach herrlich, den Menschen zuzuschauen. Diese Lebensfreude. Da saßen einige junge Leute und machten Musik. Andere hatten sich getroffen und spielten Volleyball oder Fußball. Dazwischen eine Gruppe, die einen Kreis um zwei Capoeirakämpfer formte. Interessiert schaute ich diesem quirligen Treiben zu. Blieb auch mal hier und da stehen, aber immer mit offenen Augen. Nachdem ich so einige hundert Meter am Strand entlanggegangen war, drehte ich um und steuerte auf mein Hotel zu. Dort angekommen, stellte ich zu meiner Erleichterung fest, dass ich kein Opfer eines Diebstahls geworden war. Alles war noch an seinem Platz. Nach einem Besuch an der Hotelbar ging ich auf mein Zimmer. Zum Abschluss des

Abends schaute ich mir im Fernsehen noch einen amerikanischen Gangsterfilm an, dann ging ich wieder zu Bett, und bald schon schlief ich erneut ein. Den nächsten Tag verbrachte ich damit, durch die Stadt zu bummeln und die vielen Schaufensterauslagen zu betrachten. Machte auch einige Einkäufe. Wichtig waren eine Hose, ein Pullover und vor allen Dingen ein Hut wegen der starken Sonneneinstrahlung. Letzteres ist in diesen Breitengraden sehr wichtig. Mit der kleinen Bahn fuhr ich zum Corcovado hinauf. Auf seinem Gipfel steht die in der ganzen Welt bekannte Christusfigur, die die Arme segnend über die darunterliegende Stadt ausbreitet. Was für eine Aussicht! Einfach überwältigend! Zu Mittag aß ich im hoteleigenen Restaurant, und später fuhr ich zum Flughafen, wo ich einen Flug nach Florianopolis, der Hauptstadt von Santa Catarina, buchte. Über Sao Paulo und Curitiba erreichte ich am nächsten Tag, nach etwa fünf Stunden den Zielflughafen. Dieser lag weit außerhalb der Stadt. Es besteht eine gute Busverbindung in das Zentrum. Doch der Bequemlichkeit zuliebe entschied ich mich anderweitig. Mit dem Taxi fuhr ich dorthin und nahm mir für die Nacht ein Hotelzimmer mit Blick auf den Strand und hinüber zum Festland. Einfach herrlich dieser Blick am Tag, aber noch reizvoller bei Nacht, der vielen Lichter wegen. Am nächsten Morgen, gleich nach dem Frühstück verließ ich die Insel Santa Catarina, auf der die Hauptstadt des Staates lag, und fuhr mit dem Überlandbus bis in die kleine Stadt Indaial, die Stadt, in der ich meine ersten Lebensjahre verbringen durfte. Als sei es purer Zufall, erklang gerade, als wir auf die Stadt zusteuerten, aus dem Bordradio das

Lied »In Blumenau, in Blumenau, da ist der Himmel blau, da geht's nach Indaial, da ist der Weg so schmal«. Als wäre es ein für mich gedachter Willkommensgruß. Die glücklichsten und sorgenfreiesten Jahre meines Lebens waren hier gewesen. Im Kreise meiner Familie. Jetzt stand ich hier mutterseelenallein auf der Straße vor dem Busbahnhof der Stadt und war mir nicht sicher, wie man mich wohl als Fremden, der ich ja in Wahrheit auch war, aufnehmen würde. Ich hatte mir vorgenommen, die besten Freunde, aber auch die Verwandten meiner Eltern aufzusuchen. Um bei der Wahrheit zu bleiben, war ich noch recht konfus. Wusste eigentlich gar nichts Konkretes. Hatte keine bestimmte Vorstellung, mit wem zuerst Verbindung aufnehmen. Dabei wollte ich erkunden, wie die Möglichkeiten stünden, sich hier niederzulassen. Vielleicht konnte ich Brigitte, meine in Deutschland zurückgelassene Freundin, dazu überreden, doch noch auszuwandern. Aber ob ich auch hier in dieser Gegend bleiben würde, das stand noch in den Sternen. Vielleicht konnte einer von den hier Lebenden mir mit Rat und Tat beistehen. Wenn ich mich hier niedergelassen hatte, konnte ich ja von hier aus immer noch zu meiner Reise durch das Inland starten. Danach hatte ich dann Zeit, um für das Zusammentreffen von Brigitte und mir alles vorzubereiten. Ich fuhr also mit einem Taxi zu besagten Leuten. In meinen Händen hielt ich einen Zettel mit verschiedenen Adressen. So besuchte ich der Einfachheit halber die erste auf meinem Zettel stehende Person und so fort. Bei dem Taxifahrer handelte es sich um einen Mann von Schweizer Abstammung. Er fuhr mich bereitwillig überallhin. Klar, es war ja auch sein Einkommen. Er kannte alle angegebenen Familien und wusste auch über jede einzelne etwas zu berichten. Zudem sprach er auch noch ein akzentfreies Deutsch. Im Verlaufe unserer Unterhaltung stellte ich fest, dass seine jetzige Frau eine gute Bekannte meiner Eltern gewesen war. Sie hatte damals ein kleines Geschäft besessen, oben am Stadtplatz, in dem sie Süßigkeiten verkaufte. Nebenan hatte ein kleiner Friseurladen gelegen. Alle vierzehn Tage musste ich die von Hand betätigte Maschine über mich ergehen lassen. Danach gab es dann bei der lieben Frau Bollinger zur Belohnung eine extra Portion Eis. Bei jedem Besuch dort hatte ich ein Päckchen Schokoladezigaretten von ihr geschenkt bekommen. Leider behielten diese Zigaretten bei der Hitze nie lange ihre Form, und so musste ich sie notgedrungen aufessen, dabei wollte ich doch wie die Erwachsenen rauchen. Die Zigarette zwischen Mittel- und Zeigefinger halten, daran ziehen und den imaginären Qualm mit gespitzten Lippen hinausblasen. Ich fühlte mich damit fast schon wie ein richtiger Mann. Jetzt muss ich darüber schmunzeln. Erst während meiner Militärzeit hatte ich das wirkliche Rauchen angefangen, aber bald schon wieder aufgegeben. Dies und der übermäßige Alkoholkonsum in der Kaserne zählten zu den zwei großen Dummheiten meines damaligen Lebens. Zudem war ich auch noch Aktivsportler. Neben dem Judotraining boxte ich. Da passte das eine nicht zu dem anderen. Mir fehlte bald schon der Atem, aber auch meine Muskeln waren nicht mehr so straff wie einst. Obwohl ich bei den Pionieren Dienst tat, muss ich gestehen, war ich ein schlechter Schwimmer. Jedoch tauchte ich gerne. Mit Brille und Schnorchel.

Santa Catarina

In meinen Gedanken war ich noch nicht so recht in meiner alten, neuen Heimat angekommen. Immer wieder flogen meine Gedanken zurück, zurück in das Land meiner Urahnen. Ich nahm zwar die Eindrücke der jetzt für mich noch fremden Landschaft wahr, dies doch mehr im Unterbewusstsein. Das gleichmäßige Summen des Motors wirkte einschläfernd auf mich. Immer wieder musste ich mich daher zwingen, nicht einzuschlafen. Der Schweizer merkte dies wohl auch und fing an, mir über sich und seine Familie zu berichten. Das half mir wach zu bleiben. So plauderten der Taxifahrer und ich, während wir von einem Ziel zum anderen fuhren. Der Redefluss kam allmählich ins Stocken. Einen solchen Fahrgast wie mich fand er nicht jeden Tag. Das war ihm klar. Mit mir konnte er den ganzen lieben langen Tag in der Gegend umherfahren. Musste nicht am Taxistand stehen, Däumchen drehen und auf Kundschaft warten, die letztendlich nicht kam. Wohl sah er sich daher gezwungen mir die kleine Welt von Indaial vorzustellen. Dies war auch der Grund für ihn, mich zu hofieren und so auch als eventuellen späteren Fahrgast zu sichern. Auf der anderen Seite war er sehr hilfsbereit. Natürlich verdiente er dabei einen ganzen Batzen voller Geld. Mit seiner sicheren Ortskenntnis traf ich so manchen der alten Bekannten und Verwandten an. Die Nachricht, ich sei aus Deutschland gekommen, ging wie ein Lauffeuer im Ort herum. In dem kleinen Hotel am Platz buchte ich ein Zimmer für unbestimmte Zeit und wurde noch am selben Tag von bekannten, aber auch mir unbekannten Personen besucht. Bei einigen konnte ich mich leider beim besten Willen nicht erinnern, sie je gesehen oder von ihnen gehört zu haben. Andere wiederum hatten mit meinen Eltern noch in Briefkontakt gestanden. Anhand von aufgetauchten Fotos konnte ich diese Leute ohne Schwierigkeiten identifizieren. Beim Durchstöbern der Fotoalben und verschiedener Briefumschläge hatte ich sie gefunden und zum Zwecke der Identifizierung an mich genommen. Nun musste ich allen erzählen, wie es der Mutter ging. Von Omas und Vaters Tod wussten sie allesamt, doch als ich ihnen dann von Mutters Tod berichtete, verstummten sie betroffen. Mit leerem Blick starrten sie Löcher in den Raum und zeigten sich unwohl in ihrer Haut. Niedergeschlagen war die Stimmung im Raum. Sie zeigten sich sehr betroffen von dieser Nachricht. So manch einer von ihnen kannte meine liebe Mutter noch aus der Kinder- und Jugendzeit. Um sie letztendlich nicht allzu sehr zu verunsichern, lenkte ich das Gespräch in eine andere Richtung und spürte förmlich die Dankbarkeit in ihnen, als ich sie auf ein anderes Thema ansprach. Auf meinen Wunsch, mich hier im Ort niederzulassen und hier in der Gegend Fuß zu fassen. Da wurden sie wieder lebhaft. »O ja!«, meinten die einen. »Aber natürlich!« und »Das ist eine gute Idee!«, meinten die anderen. Einige versprachen darüber nachzudenken und andere wollten sich schlaumachen. Jedoch keiner sagte etwas Handfestes zu. Alle machten sie mir große Hoffnung. Aber, so rieten sie mir, ich solle erst einmal abwarten und mir die Gegend anschauen. Es war ja denkbar, dass es mir hier überhaupt nicht gefallen würde, denn immerhin sei der kleine Ort Indaial etwas anderes als eine deutsche Großstadt. Wobei sie eigentlich bei genauerem Hinsehen recht hatten. Aber ich wollte nicht unbedingt in einer Großstadt leben. Zumindest nicht gleich. Später vielleicht. Es gefiel mir hier! Hier, so sah mein jetziger Plan aus, gerade hier könnte ich mir vorstellen Wurzeln zu schlagen. Die Gegend schien zivilisiert zu sein. Kein Urwald, wie man sich das so vorstellt. Hier, meinte ich, könnte es der Brigitte auch gut gefallen. Zudem fand sie hier deutschsprachige Menschen vor. Alles Dinge, die es ihr leichter machten, Fuß zu fassen. Es war ein recht netter und ruhiger Ort. Kaum Verkehr auf den Straßen. Viele Fußgänger und Radfahrer. Eine Handvoll Läden, ein großer Supermarkt, vier Kneipen, einige Werkstätten, eine Wurst- und eine Käsefabrik, zwei Kirchen, eine Porzellanfabrik, eine Tankstelle und letztendlich das Hotel, in dem ich untergebracht war. Gute Aussicht also, in einem dieser Betriebe Arbeit zu finden. Da jedoch die Lebenshaltung gering war, schlug sich dies andererseits aber auch auf die Löhne nieder. Auf meiner Taxifahrt zum Hotel hin hatte ich festgestellt, dass es hier auf der Hauptstraße zwei leer stehende Geschäfte gab, an deren Türen Schilder hingen, auf denen zu lesen stand, dass diese Immobilien zu vermieten seien. Indaial war ein kleines verschlafenes Nest, das jedoch im Wachstum begriffen war. Es gab da auch noch den Kindergarten, die staatliche Vier-Klassen-Schule, ein Kino, ein Gemeindehaus mit Festsaal, in dem jeden Freitagabend zum Tanz aufgespielt wurde, und eine Art Heimatmuseum. Ja, fast hätte ich den Schützenverein vergessen und, für Brasilien sehr wichtig, einen Fußballverein. Nun glaube ich, nichts an Sehenswürdigem unterschlagen zu haben. Am nächsten Morgen wanderte ich also durch die mir bekannten, mit Kopfsteinpflaster bedeckten Straßen, traf den einen oder anderen Bewohner, hielt hier ein Schwätzchen, dort ein Schwätzchen und ging dann weiter meines Weges. So bummelte ich ziellos durch die Straßen und gab keine Acht auf die eingeschlagene Richtung. Gedankenlos schlenderte ich so dahin. Irgendwann stand ich dann vor meinem ehemaligen Elternhaus und starrte mit sehnsüchtigem Blick dort hinüber. Der alte Zaun hielt mich zurück. Wie oft hatte ich als Kind auf der anderen Seite gestanden und auf die Straße geschaut. Hier draußen, das war für mich die große weite Welt. Jetzt war es genau umgekehrt. Jetzt stand ich hier draußen und traute mich nicht hineinzugehen, obwohl es sich doch um einen Verwandten von mir handeln musste, der darin wohnte. Ich stand draußen auf der Straße und schaute mit sehnsüchtigem Blick über den Gartenzaun hinüber. Der Holzschuppen, den mein Vater hatte bauen lassen, war nicht mehr. Mensch, hatte sich das Haus verändert! Es war so still darin. Ich schloss die Augen. Mir war, als hörte ich die Oma mit der Mutter in der Küche über den Speiseplan der nächsten Tage diskutieren, während der Vater im Büro saß und mit irgendwelchen Geschäftspartnern telefonierte. Im Geiste sah ich meine Familie, so als wären sie noch alle am Leben. Am liebsten hätte ich diesen Traum weitergeträumt und wäre nicht mehr in die Wirklichkeit zurückgekehrt. Das Bellen eines Hundes in der Nachbarschaft riss mich jedoch dahin zurück, wo ich nicht hinwollte. Zurück in die Gegenwart. Ein dicker Kloß setzte sich in meinem Halse fest, und meine Augen füllten sich mit Tränen. Verschämt schaute ich mich um, dann rieb ich mir die Augen mit dem Taschentuch trocken. Ein Mann darf seine Gefühle nicht zeigen. Wer Gefühle zeigt, zeigt Schwäche. Ich durfte aber nicht schwach sein. Keiner sollte an meiner stillen Trauer teilhaben. Aber die Angst war unbegründet. Niemand war weit und breit zu sehen. Also hatte es auch zum Glück niemand mitbekommen, wie ich für einen Moment nur schwach war. Schnell steckte ich mein Taschentuch wieder ein. Sehnsucht, diese Scheißsehnsucht! Sie nagt so sehr am Herzen. Saudade, so nennen wir diese Krankheit, die nicht nur Kinder und Frauen, sondern auch erwachsene Männer befällt. Ich wandte mich ab und ging wie früher den altbekannten Weg in Richtung Kindergarten, dann an der Schule vorbei. Hier blieb ich vor dem offenen Tor stehen und schaute in den Hof, in dem wir zum täglichen Schulbeginn Aufstellung nehmen mussten und während des Flaggenhissens die Nationalhymne sangen. Durch die geöffneten Fenster drangen Kinderstimmen aus dem Gebäude. Vereinzelt auch Stimmen von Erwachsenen. Dona Rosa war meine Lehrerin gewesen. Die liebe Dona Rosa. Ob sie noch in dieser Schule tätig war? »Sie kann sich bestimmt nicht mehr an mich erinnern«, dachte ich bei mir. Fast wäre ich hineingegangen, um nach ihr zu fragen. Doch was sollte ich sie und ihren Unterricht stören? Wer war ich denn schon gewesen, um zu glauben, so viel Platz in den Erinnerungen eines anderen Menschen einzunehmen? Entschlossen ging ich also weiter und verschob das Treffen auf einen späteren Zeitpunkt. Womöglich konnte ich ihre Privatadresse im Laufe der nächsten Tage ausfindig machen und sie zu Hause besuchen. Wohl war sie verheiratet und Mutter einer vielköpfigen Rasselbande. Der leise Hauch eines Lächelns zog über mein Gesicht. Ich erinnere mich, von meiner Mutter gehört zu haben, dass Dona Rosa nur etwa acht oder zehn Jahre älter war als ich. Sie war also keine studierte Lehrerin, sondern hatte ihre vier Jahre Grundschule hinter sich gebracht, war dann auf einen Intensivkurs gegangen und hatte sich so auf ihren Beruf im Rahmen der nationalen Alphabetisierung vorbereitet. Um die hohe Zahl der Analphabeten zu reduzieren, war damals dieses Programm von Getulio Vargas ins Leben gerufen worden. Ein Gaucho aus Rio Grande do Sul. Getulio Vargas war über viele Jahre der Präsident des Staates gewesen. Bis zu seinem Selbstmord. Die hohe Zahl der Analphabeten zu senken war eines seiner großen Ziele gewesen. Somit hatte Dona Rosa eine Tätigkeit gefunden, für die sie allem Anschein nach prädestiniert war. Sehr lieb und sympathisch war sie gewesen. Auf alle Fälle hatte sie sich sehr bemüht mir etwas beizubringen. Na ja, was soll`s, dann eben auf ein anderes Mal. Ich war ja wohl noch lange genug in der Stadt. Somit hatte der Besuch bei meiner ehemaligen Lehrerin noch Zeit. Es sollte jedoch nie zu einem Wiedersehen zwischen ihr und mir kommen. Schade! Mein weiterer Weg führte mich zu unserer alten Fabrik. Heute wurden darin keine Hemden mehr genäht, wie ich sah. Ein großes Schild an der Vorderfront des Gebäudes wies darauf hin, dass sich hier eine Schuhfabrik befand. »Piff Paff Ltda«, stand auf dem Schild. »Ein ulkiger Name«, dachte ich so bei mir und schüttelte amüsiert darüber den Kopf.

Ich setzte meinen Weg fort durch die winkligen Gassen und kam zurück auf die Hauptstraße, Richtung Hotel. Ließ mir alle Zeit der Welt. Nachdem ich die Auslagen des einen oder anderen Schaufensters betrachtet hatte, ging ich auf direktem Wege auf meine Herberge zu. Dort angekommen, setzte ich mich in die dem Hotel angegliederte Kneipe und bestellte mir das Tagesgericht und ein Glas Rotwein dazu. Während des Essens ließ ich die neu gesammelten Eindrücke an mir vorüberziehen. Später unterhielt ich mich noch mit dem Hotelbesitzer, der ebenfalls kein Unbekannter war. Er gehörte jedoch nicht zum engeren Bekanntenkreis meiner Eltern. Ich stellte ihm eine ganze Menge Fragen, die er mir, so gut er eben konnte, beantwortete. Zum Schluss meinte er, ich solle doch am nächsten Abend so gegen zwanzig Uhr wiederkommen. Jede Woche am gleichen Abend treffe sich der Stammtisch der Geschäftsleute aus der Umgebung. Manches Mal träfen sich viele, ein anderes Mal weniger dieser recht einflussreichen Männer. Dies, so meinte der Mann, wäre eine gute Möglichkeit, gründlichere Auskunft, aber auch die nötige Hilfe zu bekommen. Eigentlich hatte ich keine konkreten Vorstellungen von der Inanspruchnahme einer Hilfe oder dem, was ich hier beruflich zu tun gedachte. Aber Erkundigungen einziehen konnte doch nie falsch sein. Nachdem ich mir den Wechselkurs für die landesübliche Währung erfragt hatte, rechnete ich mir aus, dass ich ohne meine in Deutschland deponierten Reserven mit dem Geld in meiner Tasche mehrere Monate gut leben konnte. Mit Hotelaufenthalt und Verpflegung. Das war sehr beruhigend zu wissen, damit konnte ich mir Zeit bei einer eventuellen Arbeitsaufnahme lassen. Musste nicht gleich das erstbeste Angebot akzeptieren.

Die graue Eminenz

Am nächsten Abend kam ich wie angekündigt zum Stammtisch. Erst einmal setzte ich mich an die Bar und wartete ab, bis der Wirt die am großen Tisch versammelten Herren auf mich aufmerksam gemacht hatte. Nachdem die dort sitzenden Männer erfahren hatten, wer ich war, rückten sie ein wenig zur Seite und machten mir Platz, damit ich mich zu ihnen an den Tisch setzen konnte. Ich stellte mich persönlich bei ihnen vor. Die Herren waren allesamt älter, als ich es war. Der jüngste unter ihnen war der Uhrmacher, der einflussreichste war auch der ältere von all den Herren. Er war zugleich der Wortführer am Tisch. Seine tiefe Bassstimme verschaffte sich von ganz allein Gehör. Sie waren allesamt sehr lustige Männer, ganz besonders der Letztere. Er war der Besitzer des großen Kaufhauses im Nachbarort. Es soll das größte seiner Art in der ganzen Umgebung sein. Was er sehr gut konnte, war Witze und Anekdoten zum Besten zu geben. Er war der lustige Unterhalter des Abends. Der eine oder andere von diesen ehrenvollen Herren konnte sich noch an meine Oma und an meine Mutter erinnern. Auch an meinen Vater. Wenige an meinen Großvater. Der war schon zu lange tot. Sie fragten mir Löcher in den Bauch, nach dem Woher und Wohin. Ich musste ihnen Rede und Antwort stehen. So saß ich, kaum angekommen, mit den zehn einflussreichsten Männern der Umgebung an einem Tisch. Als die Herren keine Fragen mehr an mich hatten, stellte ich meinerseits eine Frage nach der anderen über Arbeits- und Wohnmöglichkeiten. Wie sah es aus mit der Möglichkeit, etwas Eigenes aufzumachen? Ich nutzte die Gelegenheit, da ich sie schon einmal besaß, um meine Neugier in beruflicher Hinsicht zu stillen. Nun wollten die Herren von mir wissen, was ich zu tun gedachte. In welcher Branche ich zu arbeiten wünschte. Was ich investieren könne. Und so weiter und so weiter. Alles in allem wurde es noch ein recht erfolgreicher Abend für mich. Der Kaufhausbesitzer, Herr Kretz mit Namen, gab mir seine Visitenkarte und lud mich ein, ihn doch einmal in den nächsten Tagen in seinem Büro zu besuchen. Da ich nicht mit der Tür ins Haus fallen wollte, nahm ich sein Angebot dankend an und versprach, mit seiner Sekretärin für die nächsten Tage einen Termin zu vereinbaren. Ich war richtig stolz auf mich selbst, denn ich hatte auf die Herren einen guten Eindruck gemacht, was sich darin zeigte, dass ich schon am nächsten Tag von einem dieser Herren zum Abendessen eingeladen wurde. Das ging dann so weiter. Jeden Tag war ich woanders zu Gast. Ich wurde herumgereicht. Am besten verstand ich mich jedoch mit dem Uhrmacher und seiner Frau, wohl weil wir uns im Alter am nächsten waren. Zudem war er der Ärmere unter den Stammtischleuten und fühlte sich daher nicht so richtig wohl in dieser Gesellschaft. Er schien sich unter ihnen wie das fünfte Rad am Wagen zu sehen. Während die anderen Herren Anzug und Krawatte trugen, kam er mit einfacher Bekleidung daher. Aber als Geschäftsmann gehörte er eben dazu. Sie hatten ihm schon des Öfteren finanziell unter die Arme gegriffen. Im Gegensatz zu den anderen Familien bewohnte er mit seiner kinderreichen Familie ein kleines Häuschen, das nicht gerade üppig ausgestattet war, aber in dem ein guter, friedlicher Geist herrschte. Das war nicht überall so in den Häusern, in denen ich im Laufe der nächsten Wochen und Monate zu Gast war. Aber die Herzlichkeit im Hause von Hermann und Erika war eben ungekünstelt. Dort fühlte ich mich am wohlsten. Das lag wohl daran, dass ich mich diesen reichen Menschen finanziell ebenfalls unterlegen fühlte. Nur dem Hermann und seiner Frau Erika fühlte ich mich ebenbürtig. Wir verbrachten so manchen Abend auf seiner Veranda und tranken Mate. Mate, ein teeähnliches Aufgussgetränk, das aus einer Cuja mit einer Bombilja getrunken beziehungsweise gesaugt wird. Dies ist ein im Süden des Landes beliebtes Ritual. Wenn man mit Freunden zusammen ist, dann geht dieses Gefäß von einem zum anderen. Der Letzte muss dann heißes Wasser zugießen und gibt weiter. Auch Hermann zeigte sich in all der kommenden Zeit sehr hilfsbereit, indem er mich beriet. Als armer Geschäftsmann kannte er so manchen Kniff. Die anderen hatten ihre Buchhalter, er aber musste diese Dinge selbst erledigen. Daher war er einfach fixer. Ich hatte einen Plan für meine Zukunft hier im Lande gemacht. Da ich gelernter Bäcker und Konditor war, dachte ich daran, ein kleines, aber schickes Kaffeehaus zu eröffnen. Hier war das mit meinen finanziellen Mitteln machbar. Die Ratschläge, die er mir mit auf den Weg gab, wollte ich auf alle Fälle beherzigen. Mit der Zeit lernte ich auch den Bürgermeister und mehrere Politiker der Stadt kennen. Auch lernte ich den Niederlassungsleiter der Bank im Nachbarort kennen. Ihnen und meinen Freunden unterbreitete ich im Laufe der nächsten Zeit mein eventuelles Vorhaben. Alle lobten die Idee. Das wäre ja fantastisch. So etwas bräuchte die Stadt unbedingt. Anerkennend klopfte man mir auf die Schulter, und ich fühlte mich von Mal zu Mal sicherer. Ja, man lud mich auch ein, in die regierende Partei einzutreten. Mit dem Parteibuch stünde mir die Welt in Indaial offen. Das hörte sich gut an. Ich nahm also den Aufnahmeantrag mit ins Hotel und versprach über den Beitritt nachzudenken. Von nun an kam es so weit, dass ich im Restaurant meine Rechnung begleichen wollte und mir der Kellner sagte, die Rechnung sei bereits bezahlt. Auf die Frage, wer mein Gönner sei, bekam ich nur ein Achselzucken zur Antwort. Das war ja wie im Schlaraffenland. Im Schlaraffenland, wo Honig und Wein fließen. Am Anfang fand ich es gut, denn ich konnte mein eigenes Geld sparen. Doch dann begann ich mich wie ein Nassauer zu fühlen. Wenn ich jemanden einladen wollte, so wurde sofort abgelehnt, mit dem Zusatz, ich solle sparen, denn ich würde mein Geld ja noch in Zukunft für mein Geschäft benötigen. »Wenn Sie Ihren Laden aufgemacht haben und er gut läuft, dann können Sie sich revanchieren.« Das war jedes Mal die Erklärung, die ich für das Verhalten meiner Gastgeber bekam. Meine väterlichen Freunde behandelten mich wie ein rohes Ei. Was ich im Laufe der Zeit mitbekam, war die Tatsache, dass sich alle diese Herren in der Region eines guten Namens erfreuen durften. So hatte zum Beispiel der Besitzer der Käserei vielen Kleinbauern zu einem Zusatzverdienst verholfen, indem er Milchkühe kaufte und sie bei den Kleinbauern unterstellte. Jeder kleine Landwirt bekam so zwei Kühe in den Stall gestellt. Er, der Käsereibesitzer, übernahm die Veterinärkosten und die Landwirte verpflichteten sich ihrerseits das Vieh zu füttern und jeden Tag eine bestimmte Menge der Milch an ihn abzugeben. Für die abgegebene Milch erhielten sie einen vereinbarten Preis. Später, bei der Schlachtung des Viehs auch einen Anteil des Fleisches. So ähnlich hatte es auch der Wurstfabrikant gemacht, indem er Schweine anfüttern ließ. Viele dieser Landleute hatten zusätzlich einen Nebenverdienst in einer der Fabriken, wo sie halbtags arbeiteten. Es war ein eifriges Geben und Nehmen. Im Ort gab es einen Schützenverein, einen Kegelclub und einen Gesangverein. In all diese Einrichtungen wurde ich von meinen neuen Freunden eingeführt. Überall hatten sie die Finger im Spiel und unterstützten all die im Ort anfallenden Festlichkeiten. Sie waren auch als aktive Vorstandsmitglieder im Fußballverein tätig. Jeder von ihnen hatte irgendwo das Sagen. Dank ihres Eifers gab es all diese gesellschaftlichen Einrichtungen. Auch in den Religionsgemeinden taten sie sich hervor. Obwohl ich ansonsten nicht viel für die Kirche übrighatte, ließ ich mich zum Gottesdienst einladen. In der einen Woche fand dieser in deutscher, in der anderen Woche in portugiesischer Sprache statt. Bald schon gehörte ich dazu, war einer von ihnen. So fand schon am dritten Wochenende nach meiner Ankunft im Ort ein Schützenfest statt, zu dem auch Schützen aus der Umgebung kamen. Jeder packte mit an, um diesen Anlass zum Erfolg zu führen. Jeder Bewohner stiftete etwas hinzu. Wer nichts gab, kam persönlich vorbei und half tatkräftig mit. So hatte ich mich schon am frühen Morgen hinter dem Vereinshaus eingefunden. Meine Aufgabe beschränkte sich darin, den angelieferten Hühnern, Enten und Gänsen die Kehle durchzutrennen. Das war eine Aufgabe, die mir nicht schwerfiel, da ich solche Dinge schon des Öfteren in meinem Leben getan hatte. Trotz allem benötigte ich den ganzen Vormittag, um mit dieser riesigen Menge an Federvieh fertigzuwerden. Meine Freunde kamen, schauten eine Weile zu, klopften mir anerkennend auf die Schulter und gingen dann, um sich um den Rest der noch anfallenden Tätigkeiten zu kümmern beziehungsweise diese zu beaufsichtigen. Ich hatte zwar noch keinen Besitz in irgendeiner Weise angeschafft, doch fragte auch keiner danach. Ich war einer von ihnen, was ich am Abend dann auch zu spüren bekam. Ich saß, aß und trank den ganzen Abend mit ihnen und ihren Familien. Überall war ich dabei. Auch beim Scheibenschießen, beim Kegeln, bei dem am Abend stattfindenden Ball, überall machte ich eine einigermaßen gute Figur, nur bei Letzterem nicht. Ich war eben kein geübter Tänzer. Um mir aus dieser Patsche zu helfen, zeigten sich gleich mehrere Damen und auch junge Mädchen bereit mit mir das Tanzbein zu schwingen. Sie nahmen unerschrocken in Kauf, dass ich ihnen auf den Füßen herumtrat. Eine der älteren Damen machte mir während des Tanzes eine unmissverständliche Einladung. Mit einem vielsagenden Wimpernaufschlag und erregt heißer Stimme flüsterte sie mir zu, sie würde mir gerne etwas Außergewöhnliches zeigen wollen. Ich solle doch in den nächsten Tagen bei ihr vorbeischauen. Einen Großteil des Abends nahm mich diese Frau in Beschlag. Während sie die Tanzschritte vorgab, drückte sie mich fester und fester an ihren Körper heran. Aber nicht nur sie machte mir Avancen. Durch all diese Einladungen vergaß ich die in Deutschland zurückgelassenen Freunde. Auch die Erinnerung an Brigitte verblasste. Es blieb keine freie Minute, um an das alte Leben zu denken. Hatte ich gleich nach Ankunft in Rio noch einige Ansichtskarten verschickt, dann eine letzte an Brigitte, aus Florianopolis. Doch seit meiner Ankunft in Indaial trat Funkstille ein. Mit ein Problem war die kleine Poststelle, die ich so gut wie immer geschlossen vorfand. Die Wochen und Monate vergingen. Nichts hatte ich bis jetzt von meinen Plänen realisiert. Erst einmal leben. So richtig auf die Pauke hauen. Hier gab es einige Dorfschönheiten, die ich bei den wöchentlich stattfindenden Tanzabenden kennenlernte.

Heiße, wilde Nächte

Bei Frau Hella lernte ich alles, nur nicht wie versprochen das Tanzbein zu schwingen. Frau Hella war seit einigen Jahren Witwe. An jeden Mann im Ort hatte sie sich schon herangemacht. Nicht immer erfolgreich. Dabei handelte es sich jedoch um rühmliche Ausnahmen. Sie soll auch mit dem Pastor ein Techtelmechtel gehabt haben. So erzählte man sich hinter vorgehaltener Hand. Diese Frau war eben die Versuchung in Person. Wer konnte es da dem Mann Gottes verdenken bei aller Enthaltsamkeit, die er sich auferlegt hatte? Sie war heiß, so heiß wie ein Vulkan kurz vor der Eruption. Ohne Zweifel eine Nymphomanin. Als ich ihrer Einladung folgte und bei ihr zu Hause vorbeischaute, war mir sofort klar, dass es ihr nicht ums Tanzen ging. Aber zu ihrer Ehre muss ich gestehen, dass sie das geilste Weib war, das ich je im Bett hatte. Ich dachte auch gar nicht mehr ans Tanzen. Anderes stand auf dem Plan. Sie war zudem so gut gebaut, dass mir ehrlich gesagt danach nicht mehr zumute war. Bekleidet sah man das nicht so gut, ich hatte jedoch schon eine gewisse Vorahnung. Aber nackig, da war sie eine Wucht. Pralle Brüste, eine große Muschi mit einem riesigen Urwald drumherum und einen knackigen Arsch. Frau Hella war über fünfzig. Hatte graue Haare, die sie mit einem leichten Kupferton abfärbte. Dies gab ihrem Äußeren den Anschein, als wäre sie wesentlich jünger. Vom Körperbau her konnte man sie als klein bezeichnen. Etwa einen Meter fünfzig. Sie war schlank, wog über den Daumen gepeilt um die fünfundvierzig Kilo. Trotz allem besaß sie eine zarte Haut und ein ansprechendes Wesen. Sie war zudem ungemein gelenkig. Ihre schönen Beine konnte sie auseinanderreißen wie keine andere. Da erst lag ihre Grotte in der ganzen Größe zwischen ihren Schenkeln. Die bräunlich-roten Schamlippen waren leicht geöffnet und ließen den hellroten Kitzler zum Vorschein kommen. Sie war hungrig. Hungrig auf einen Schwanz. Auf meinen Schwanz! Ich war nicht einmal eine Stunde mit ihr allein im Haus, da konnte ich mich von diesem ganzen Naturwunder überzeugen. Sie hatte mich gleich beim Hereinkommen zu einer Tasse Kaffee eingeladen, und als ich mich in ihrer Küche auf einen Stuhl setzte, vergaß sie diesen, den Kaffee. Auch ich erinnerte sie nicht mehr an ihr Angebot, sondern hielt die Luft an und wartete, was dann geschah. Mir wurde irgendwie ganz heiß, denn es lag eine ungewöhnliche Spannung in der Luft. Ganz frech schaute ich sie an, wie sie da vor mir im Raum stand, und es entging ihr auch nicht, dass ich sie von Kopf bis Fuß musterte. Auch nicht, dass sich meine Augen an ihrem Dekolleté festsaugten. Es bildete sich ein Kloß in meinem Hals, und die Hose bekam eine Beule im Schritt. Unsere Blicke trafen sich. Über ihren und auch über meinen Augen lag ein Schleier, und ich konnte förmlich das Blut in meinen Schläfen pochen hören. Ihre Lippen öffneten sich leicht, und ihr Gesicht nahm einen geilen Ausdruck an. Die sich rötenden Backen zeigten eine gewisse Erregung. Mit aufreizendem Lächeln um die Mundwinkel herum kam sie auf mich zu. Ganz nahe kam sie. Fast hätte ich mein Gesicht zwischen ihren Brüsten vergraben können. Ich roch den leichten Hauch von Eau de Cologne. Hm! Sie fuhr mir in die Haare und mit dem Handrücken der anderen Hand über mein Gesicht, und dabei meinte sie, meine Haut sei so schön zart. »Darf ich dir einen Kuss geben?«, hauchte sie mir ins Ohr. Ohne eine Antwort abzuwarten, stand sie breitbeinig vor mir, setzte sich dann rittlings auf meinen Schoß, nahm meinen Kopf in ihre beiden Hände und küsste meine Wangen und dann meinen Mund. Jetzt erst fiel mir auf, dass sie nur ein Hauskleid trug. Ein Hauskleid, das vorne geknöpft war. Drei Knöpfe nur hielten den dünnen Stoff verschlossen. Dadurch, dass sie rittlings auf meinem Schoß saß, war dieses geblümte Etwas ein ganzes Stück hochgerutscht, und ich konnte ihre strammen Oberschenkel sehen. Sie bemerkte, in welche Richtung mein Blick glitt, und mit einer Hand zog sie das Kleid noch ein klein wenig höher, sodass die ganze Pracht der Schamhaare sichtbar wurde. Sie trug nur dieses dünne Kleid, darunter war sie nackt. Dieser Gedanke steigerte meine Lust um einiges. Ihre Brüste waren noch von dem Tuch bedeckt, aber zeichneten sich riesig groß vor meinen Augen unter dem engen Textil ab. Man konnte leicht glauben, alleine diese Möpse wögen die Hälfte ihres gesamten Körpergewichtes. Während ich sie mit einer Hand an den Brüsten massierte, griff ich ihr mit der anderen in das volle Haar. Mit dosierter Kraft griff ich zu. Sie schnaufte und stöhnte dabei wie ein wildes Tier. Einer Raubkatze gleich, um im nächsten Moment auf ihr wehrloses Opfer zu springen und es mit Haut und Haaren zu fressen. Ich zog ihren Kopf nach hinten, küsste ihren langen, gestreckten Hals und dann ihre Ohrläppchen. »Oh, tut das gut!«, hauchte sie mehrmals.

Mit einer gierig harten Hand griff sie nach meinem Schwanz. Da, wo die Hose prall ausgefüllt war. So aber konnte das nicht gehen. Wir saßen zu eng aufeinander. Es war kein Platz. Nach zwei vergeblichen Versuchen rutschte sie auf meinem Schoß ein wenig nach hinten. Nervös war sie geworden, riss jetzt mit brachialer Gewalt an meinen Beinkleidern herum. Es ging ihr nicht schnell genug. Im nächsten Augenblick suchte sie meine Gürtelschnalle zu öffnen. Mit lautem Stöhnen riss sie mir meinen Reißverschluss an meiner Jeans auf und zerrte meinen Schwanz daraus hervor. »Hei!«, begehrte ich auf. Das tat weh. Als sie ungestüm mein Glied aus der Hose zerrte, blieb sie mit meiner Eichel an dem Verschluss hängen. Ich glaube nicht, dass sie meinen kurzen Aufschrei wahrgenommen hatte. Schon im nächsten Moment war der kratzende Schmerz auch schon vergessen. Neugierig, prüfend schaute sie herunter auf das gute Stück, das sie in ihren Händen hielt. Sie schien zufrieden. Wer kann da widerstehen? Mit festem Griff packte ich in das Dekolleté und riss das dünne Tuch ihres Hauskleides auseinander, so dass die Knöpfe durch den Raum katapultiert wurden. Mein Mund suchte ihre Brüste und dann die Brustwarzen. Während ich ihr mit einer Hand zwischen die Schenkel griff und ihren Kitzler massierte, liebkosten meine Lippen ihre Nippel. Ihre Beine öffneten sich immer mehr, und das heiße Stöhnen wurde von Minute zu Minute lauter. Mit fahrigen Fingern knöpfte sie mein Hemd auf und hauchte mir ins Ohr: »Komm!« Sie zog meine Hand, die tief zwischen ihren Schenkeln steckte, heraus, stieg von mir herab und führte mich hinüber in das Schlafzimmer, in dem ein überdimensionales Ehebett stand, das uns für die nächsten Stunden zur Spielwiese wurde. Mit ihr konnte ich machen, was mir gerade in den Sinn kam. Es gab keine Tabus. Ich konnte meinen Fantasien freien Lauf lassen. Vom Vaginal- zum Oral- und zu guter Letzt zum Analsex. Alles, einfach alles. Wenn mir beim Ficken eine Frau sagt, sie mag dieses oder jenes nicht, dann verliere ich jegliche Motivation. Sex ohne Fantasie ist langweiliger Bockmist. Verschwitzt lagen wir nach einem wilden, Stunden dauernden Gerangel nebeneinander in den Kissen und schauten uns tief in die Augen; getragen von einem Gefühl des Glücks, liebkosten und streichelten unsere Hände einander. Was aber das Nachspiel sein sollte, wurde zum Vorspiel eines neuerlichen Eindringens. Ich legte mich auf den Rücken und ließ sie meinen steifen Schwanz besteigen. Sie saß rittlings auf mir. »Nimm meinen Schwanz und klemme dich an ihm fest, damit du während des Galopps nicht herunterfällst«, hauchte ich ihr zu. Sie bäumte sich auf. Sobald sie erschöpft aufgeben wollte, forderte ich sie immer wieder zum Endspurt auf. Dann halfen auch keine Anfeuerungsrufe mehr. Sie fiel nach vorne, gerade als sich der warme Samen in ihren Körper ergoss. Die Raumtemperatur stieg um einiges an. Nass vor Schweiß lagen wir übereinander. Nie hätte ich gedacht, jemals so etwas zu erleben, aber, so glaube ich zumindest, auch Frau Hella war sprachlos. Dies nicht nur, weil sie andauernd meinen Schwanz im Mund hatte. Sie war geil und unersättlich. Als wolle sie jeden Tropfen Flüssigkeit aufsaugen, der sich in ihm befand. Wir lagen aufeinander. Unsere Hände streichelten jetzt sanft den Körper des Partners. Sie lutschte mir den

Penis, als ob es sich um ein Eis am Stiel handelte, und ich massierte ihr mit der Zungenspitze die Klitoris. Irgendwann dann schliefen wir beide glückselig vor Erschöpfung ein. Die nächsten Tage ging es so weiter, und ich kam so gut wie nicht mehr aus ihrem Bett, geschweige denn an die frische Luft. Ficken, schlafen. Manches Mal eine Pause, dann etwas Handfestes gegessen, und schon kam es zu neuen Liebkosungen zwischen ihr und mir. Dann hatte ich mich am Ende doch verausgabt. Ich konnte einfach nicht mehr. Mein Penis blutete. Letztendlich tat mir auch der Unterleib bei jeder Berührung weh. Ganz besonders schmerzte er, wenn wir aufeinander lagen oder ich mich irgendwo anlehnte beziehungsweise anstieß. Ich konnte nicht verstehen, dass sie keine Probleme hatte. Diese Frau musste doch wund sein von der vielen Reibung. Doch sie zeigte keinerlei Müdigkeit oder Schmerz. Dazu konnte ich nur den Kopf schütteln. Besaß wohl eine schützende Lederhaut inwendig. So tat ich das einzig Richtige, verabschiedete mich eines Morgens und ließ sie allein, denn der Blutungen wegen war ich ernstlich besorgt. Ging sogleich zum Arzt, und auf dessen Anraten trennte ich mich von Frau Hella für den Zeitraum von zwei, fast drei Wochen. Ich musste eine Pause einlegen. Es war einfach notwendig! Zeit, um mir ein wenig Schonung zu gewähren. Diese Auszeit tat mir auch schon nach einigen Tagen recht gut. Im Nachhinein musste ich mir selbst eingestehen, dass dieses Abenteuer unbezahlbar gewesen war. Was ich jedoch bei ihr nicht gelernt hatte, war Tanzen. Versprochen hatte sie es mir ja. Aber ich war ihr wegen der Unterlassung in keinster Weise böse. Wo immer und wann immer ich auf Frau

Hella stieß, musste ich fortan zu ihr nach Hause und mit ihr das breite, leere Ehebett teilen. Sie hatte einen Narren an mir gefressen. Aber nicht nur ich, sondern auch einige Männer aus der Gegend hielten die Kiste gleichmäßig warm. Wie ein Brutkasten. Es war ein eifriges Kommen und Gehen. Die Haustür bei Frau Hella stand nicht still. Gut für mich, so konnte ich die verlorenen Kräfte wieder sammeln, wenn gerade die Ablösung den Dienst antrat. Dass diese Frau meine Gesellschaft bevorzugte, sprach sich bald im Ort herum. Nicht nur bei den Männern. Ich war eben der Neue, wie man so schön zu sagen pflegt, aber auch der Jüngste von ihnen. So kam es, dass ich von einigen männlichen Bewohnern schroff und von der einen oder anderen Bewohnerin überaus freundlich behandelt wurde. So blieb es nicht aus, dass ich auch die Liebesfreuden mit anderen Damen der Stadt teilen durfte. Da gab es schon einige Frauen, die im Alter besser zu mir passten als jetzt gerade Frau Hella. Nicht mit jeder von diesen ging es gleich in die Kiste. Keine erreichte jedoch annähernd die Gier dieser Frau. Es musste nicht immer primitiver Sex sein. Der Grad der Befriedigung war auch dann gegeben, wenn man sich zur Abwechslung auch mal über Tiefsinnigeres unterhalten konnte. Bei einer Tasse Kaffee und einem Stück Kuchen etwa. Das war eben mal was anderes. Jedes Wochenende machte ich so in Indaial oder einem der Nachbarorte eine andere Bekanntschaft. Es gab da auch recht nette Frauen. Die meisten jedoch waren einfach und hausbacken, wie man so schön sagt. Je hausbackener, desto klarer das Ziel. Heiraten wollten sie. Ganz in Weiß und den Hochzeitsmarsch hören. All dies auf meine Kosten! War doch klar! Wohl machten sich auch schon einige der Eltern Vorstellungen, mich als deren Schwiegersohn im Hause begrüßen zu dürfen. Den reichen Mann aus Deutschland. Den zukünftigen Kaffeehausbesitzer. Was für ein Schwachsinn! Die Tatsache, dass ich aus Deutschland kam und Geld hatte, um daran zu denken, ein eigenes Geschäft zu eröffnen, machte mich bei diesen Leuten zu einem reichen Mann, was natürlich übertrieben und völliger Unsinn war. Da hätte man es auch in Kauf genommen, dass der zukünftige Schwiegersohn von einigen als Weiberheld verschrien war und nur unter der Bettdecke seinen Mann stand. Von dem Gedanken, zu heiraten und eine gute Partie zu machen, träumte wohl so manches der Mädchen. Aber von solchen Gedanken war ich noch ganz weit entfernt. Die Frauen und Mädchen, die solches erträumten, zogen sich auch alsbald zurück, wenn ihnen offensichtlich wurde, dass in dieser Richtung bei mir nichts lief. Dieses Leben auf dem Lande wurde mir dann letzten Endes doch zu langweilig. Jetzt musste ich an die Ratschläge denken, die mir meine Bekannten und Verwandten am Anfang gegeben hatten. »Indaial ist ein Dorf und mit keiner Großstadt in Deutschland zu vergleichen.« Wo sie recht hatten, da hatten sie eben recht! Ja, Mannheim war ja nicht gerade eine Großstadt gewesen, konnte aber doch mit einigen interessanten Dingen aufwarten. Dinge, die man in anderen, gleich großen Städten dieser Welt vergebens suchen wird. Die ganze Region um Mannheim herum steckte voller Kultur. Universitäten, Hochschulen, Museen, Theater, Kongresshallen und international bekanntes Messegelände. Das ganze Gebiet bequem mit Nahverkehrsmitteln in kürzester Zeit zu erreichen. Hier in der Gegend gab es nichts Vergleichbares. Auch Florianopolis war nicht mit Mannheim zu vergleichen. Das Zentrum dieser Stadt war verhältnismäßig klein. Sehr viele Hotelbauten, die sich mit Urlaubshungrigen aus den Nachbarländern füllten. Im Sommer dann stöhnten die Einheimischen unter den erdrückenden Massen der meist Spanisch sprechenden Touristen. Die Vororte waren ringsum an der Küste gelegene kleine verschlafene Fischerdörfer, die eigentlich nur in der Sommerzeit von Touristen aus südlichen Ländern überquollen und für ein paar Monate lebendig wurden. Was die Hauptstadt von Santa Catarina so interessant machte, war die Tatsache, dass es sich um eine Großstadt handelte und man sich trotzdem in der Provinz wähnte. Meine Wochenendausflüge führten mich immer weiter weg von Indaial. In den Orten um Indaial herum war ich bald schon bekannt wie ein bunter Hund und wurde von den zielstrebigen Einwohnerinnen gemieden. Nur die ganz hartnäckigen Mädchen hatten noch nicht aufgehört zu träumen. Glaubten immer noch an ein Happyend mit mir. Zwischenzeitlich hatte ich mir einen Ford Mustang zugelegt. Allein der verchromte, galoppierende Hengst vor dem Kühlergrill war es schon wert. Schon immer war es mein Traum gewesen, ein solches Fahrzeug mein Eigen zu nennen. Erst hier konnte ich mir ein solches leisten. Drüben auf dem Alten Kontinent hätte ich es mir nicht leisten können. Hierfür hatte aber ein Teil des Reservekontos in Deutschland herhalten müssen. Mit einem fahrbaren Untersatz war ich mobiler. Dann kamen einige Ausgaben für neue Klamotten hinzu. Für den Kauf dieser Neuanschaffungen war ich extra nach Florianopolis gefahren. Dort in der Hauptstadt gab es Geschäftshäuser, die sich im Angebot durchaus mit europäischem Niveau vergleichen ließen. Auch bei der Auswahl eines Fahrzeuges war ich besser dran gewesen. Mit dem Kauf des Ford Mustang hatte ich zwar den Besitzer der Tankstelle und mit dem Kleiderkauf einige Händler im heimatlichen Ort gekränkt, aber darauf konnte ich keine Rücksicht nehmen. Hatten sie doch ohne Zweifel damit gerechnet, dass ich meine mitgebrachten US-Dollar und meine D-Mark im Ort selbst ausgeben würde. Aber die Angebote hier am Ort waren recht dürftig. Der Tankstellenbesitzer hatte einen überteuerten Chevrolet Opala als Spitzenangebot auf dem Hof stehen, und die hier übliche Bekleidung war so was von langweilig, dass ich schon alleine beim Hinschauen hätte kotzen können. Schlechter, dünner Stoff, doch gut vernäht. Billig, superbillig! Der Opala war eine Karosse für einen alten Herrn, aber doch nicht für mich. In meinem Alter musste es etwas Sportliches sein. Etwas, womit ich vor den Augen meiner Mädchenbekanntschaften bestehen konnte. Anfangs ging ich noch mit den Mädchen aus Indaial und der umliegenden Gegend aus, doch die waren so was von hinter dem Mond, dass ich aus dem Staunen über so viel Unwissenheit nicht herauskam. Ganz wenige, mit denen man sich über mehr als nur über die Wetteraussichten des nächsten Tages oder übers Heiraten und Kinderkriegen unterhalten konnte. Kindermachen, ja, das wäre ein Thema für mich gewesen. Für den Rest war ich noch nicht alt und verantwortungsbewusst genug.

Alkohol, Glücksspiel und Huren

Mit der Zeit verlagerte ich daher mein Jagdrevier in die Hauptstadt. Anfangs noch am Tag, bald darauf am Abend und später dann in die Nacht hinein. Es dauerte nicht lange, da kannte ich die einschlägigen Lokale der Stadt, in denen sich das niveauvolle Nachtleben abspielte. Waren ja nicht allzu viele. Mit meinem roten Mustang machte ich die nächtlichen Straßen der Stadt unsicher. Hinzu kam dieser röhrende Klang des Motors. Rückklappbares Verdeck, auf Hochglanz poliert, mit roten Sitzen und einem Radio mit irrem Sound. So fuhr ich gemächlich, provozierend durch die Avenidas. Die Frauenblicke flogen mir nur so zu. Oder aber meiner roten Mausefalle. Frauen, die geliebt werden wollten, gab es genug. Andere verdienten sich so ihren Lebensunterhalt. Aber mir war das egal. Hure oder nicht Hure. Hier war es nicht wie in Deutschland. Dort ging das wie am Fließband. Hatte man sich ein Mädchen im Bordell ausgesucht und war sich über den Preis im Klaren, ging man mit ihr auf das Zimmer. Hose runter, Kondom überziehen, und dann hatte man zehn Minuten Zeit, danach musste man fix und fertig sein. Hier war das anders, viel persönlicher. Für diese Mädchen war das alles kein sündhaftes Tun. Hier genoss man das Leben und die Liebe. Auch im Bordell. Auch hier verband man das eine mit dem anderen. Da konnte es passieren, dass man in einer der kleinen Bars, die als eine Art Begegnungspunkt fungierten, mit einem der Mädchen bei einem Glas Bier zusammensaß und sich ganz normal unterhielt und erst zu einem späteren Zeitpunkt oder aber nie aufs Zimmer ging. Oder erst bei der zweiten oder vielleicht gar bei der dritten Begegnung. Zwang bestand keiner. Es machte richtig Spaß und war obendrein herzerfrischend. Zumal diese Dinger wild und knackig waren und die eine schöner als die andere. Alle, die ich in meiner Mausefalle, wie ich meinen Mustang nannte, mitnahm, wollten einen schönen Abend mit mir genießen. Warum nicht? Wir genossen in jeder Beziehung, was es zu genießen gab. Bald schon war ich auch eine bekannte Größe in den Spielhallen und nicht nur in den Stundenhotels. Ich hatte Freunde. Nicht alle von diesen waren sogenannte ehrbare Bürger. Wenn man den Tag zur Nacht macht, kann man keine großen Ansprüche an die Figuren dieser Szene stellen. Nutten, Zuhälter und Ganoven, darunter dann der eine oder andere, der nur neugierig ist und die Szene kennenlernen will. Auch Touristen, die sich den Nervenkitzel genehmigten, einmal auch im Dunkel der Unterwelt gewandelt zu sein. Dieses mein Lotterleben kostete Geld! Viel Geld! Mit Männern saß ich am Spieltisch, und mit den Frauen gab ich das gewonnene Geld wieder aus. Aber nicht jede Stunde am Spieltisch war eine erfolgreiche. Egal! Wenn ich verloren hatte, nahm ich das Geld aus der Reserve und warf dieses den Nachtschwalben nach. Müde kam ich dann morgens im Hotel in Indaial an und schlief bis spät in den Tag hinein. In einer Nacht gewann ich Geld, in der anderen Nacht verlor ich Geld. Was störte es mich? Hauptsache, es machte Spaß. Ohne es zu merken, war ich abgerutscht. War zum Säufer und Hurenbock geworden. Und schlimmer noch, ich war zum Spieler geworden. Trotz all des Alkohols

fuhr ich weiterhin Auto. Unfallfrei! Für etwaige Polizei-
kontrollen hatte ich immer ein paar Cruzeiros im Ausweis liegen. Jeder Polizist, der mich anhielt, nahm wortlos das Geld an sich, gab mir den Führerschein zurück
und wünschte mir eine gute Fahrt, die ich dann meist
in Schlangenlinie fortsetzte. Manches Mal, wenn ich
dann besonders besoffen war, begleiteten sie mich sogar
mit Blaulicht noch ein Stück des Weges, damit ich sicher
nach Hause kam. Zu Hause, wenn Post im Fach lag,
schaute ich gerade mal auf den Absender, was in meinem
Zustand total nutzlos war. Vor meinen Augen tanzten
die Buchstaben eh hin und her. Im besoffenen Kopf warf
ich den noch verschlossenen Brief in die Zimmerecke,
wo ihn das Stubenmädchen vorfand und am Morgen des
kommenden Tages fein säuberlich auf meinen Zimmer-
tisch legte. Dort stapelten sich die verschlossenen Ku-
verts. Das Ignorieren meiner Post sollte sich bald als ein
Fehler herausstellen. An meine Pläne, ein Kaffeehaus zu
eröffnen, dachte ich gar nicht mehr. Das Leben war einfach zu schön, um wahr zu sein. So etwas musste ich in
vollen Zügen genießen. Immer und immer wieder
musste ich daher Geld von meinem Reservekonto abhe-
ben. Dieses floss mir wie Wasser durch die Finger. Kein
Wunder, dass daher bei meiner Bank bald nichts mehr
zu holen war. Beim letzten Versuch, Bares anzufordern,
bekam ich einen freundlichen Hinweis, dass mein Konto
mangels Deckung aufgelöst worden sei. Der Saldo wies
einen nicht erwarteten Minusbetrag auf. Jetzt war das
Entsetzen natürlich groß. Hätte ich doch beizeiten diese
verdammten Briefumschläge von der Bank geöffnet, mir
wäre eine solche Überraschung erspart geblieben. Ich

hätte noch beizeiten die Bremse betätigen können. Hätte, hätte und hätte. Dieses Lamentieren half jetzt aber nichts. Nun war es schlichtweg zu spät. Die nächsten Tage noch musste ich mir keine grauen Haare wachsen lassen, denn ich besaß ja noch meinen Ford Mustang, dessen Verkauf mir ein paar Dollar einbringen würde und mit dessen Erlös ich noch nicht ganz am Ende war. Mit etwas Glück gewann ich dann wieder genug, um mir das gute Stück zurückzukaufen. Also kein Grund, in Panik auszubrechen. Schweren Herzens musste ich mich auf jeden Fall von meiner Mausefalle trennen. Gleich in den nächsten Tagen schon begann ich dann für meinen fahrbaren Untersatz einen neuen Eigentümer zu suchen. Über eine Zeitungsanzeige. Um bei den Interessenten nicht den Eindruck zu erwecken, mir stünde das Wasser bis zum Halse, lieh ich mir erst einmal bei meinem Freund Hermann ein paar Cruzeiros, mit denen es möglich war, die nächsten Tage durchzustehen. Zumindest etwas zu essen brauchte ich. Ein Interessent nach dem anderen meldete sich. Jedoch waren es alles nur Schaulustige und Neugierige. Zum Teil gar Leute aus dem Ort. Wie ein Lauffeuer sprach es sich herum. Viele kamen! Obwohl sie nicht einmal das Geld besaßen, um sich ein rostiges Fahrrad zu kaufen, wollten sie unbedingt einen Blick auf das Verkaufsobjekt werfen. Doch bis mir der Verkauf endlich gelang, dauerte es noch einige Tage. Dann aber war es so weit. Mit einer Träne im Auge wechselte das gute Stück den Besitzer. Der neue Besitzer zeigte sich recht zufrieden, hatte er doch den Wagen weitaus günstiger erstanden, als es von mir beabsichtigt war, ihn herzugeben. Aber wenn ich es auch nicht an die große Glocke hängte, so geriet ich doch langsam in Panik. Damit niemand meinen finanziellen Untergang bemerkt, setzte ich mein Pokergesicht auf. Tat so, als wäre alles in bester Ordnung. Legte mir selbst Einschränkungen auf. Jetzt musste ich um vieles kürzertreten, als ich es bisher getan hatte. Alkohol ade! Spielhöllen ade! Ihr hübschen Frauen ade! Allem Schönen musste ich entsagen. Nur noch einmal ging ich durch die Tür ins Kasino. Noch einmal mein Glück suchen. Das letzte Mal sollte es sein! Ich hatte bisher nur Pech gehabt, aber das konnte jedem passieren, redete ich mir unaufhörlich ein. So lange, bis ich selbst daran glaubte, fühlte ich mich nicht in der Haut eines Versagers. Nach Regen kommt immer wieder Sonnenschein, so hoffte ich. Doch wenn es dieses Mal nicht klappt, dann klappt es niemals mehr. Ich sprach mir mit solch dämlichen Sprüchen selbst Mut zu. Mir war klar, ich durfte auf keinen Fall wieder verlieren. Ich zitterte, als ich durch die Tür des Kasinos trat. Mein selbstsicheres Auftreten war verschwunden. Sehr zögernd legte ich die Dollarscheine auf den Tisch. Der Drang, alles auf eine Karte zu setzen, war groß, aber es durfte nicht sein. Dieses Geld war alles, was ich jetzt noch besaß. Vorsichtig, viel zu vorsichtig setzte ich mein Geld, daher verlor ich nichts, aber unterm Strich gewann ich auch nichts. Am Ende gab es keine Einnahmen, doch musste die Getränkerechnung bezahlt werden. Enttäuscht fuhr ich nach Hause zurück. Machte mir dabei Selbstvorwürfe. Meine Gedanken drehten sich immer noch um das gute Blatt in meiner Hand, mit dem ich meine finanzielle Situation hätte bereinigen können. Meine Zurückhaltung war ein

Fehler gewesen! Nachdem ich meine Schulden bei Hermann bezahlt hatte, blieb noch weniger übrig. Es war zum Erschrecken wenig. Am Abend setzte ich mich an die Bar des Hotels und überlegte, was ich tun könnte, um aus dieser misslichen Lage herauszukommen. Um mich selbstständig zu machen, da reichte mein Kapital nicht hinten und nicht vorne. Diesen Traum konnte ich getrost begraben. Jetzt hatte ich auch kein Geld mehr, um nach Deutschland zurückzufliegen. Damit war ich am Ende meines Brasilienabenteuers. So ging ich am nächsten Tag kurzentschlossen zum Honorarkonsul in Blumenau und fragte ihn, ob und inwieweit er mir behilflich sein könne in meiner aussichtslosen Situation. Ja, meinte dieser, in Santos liege ein deutscher Frachter, mit dem könnte es gehen. Ich müsste an Bord nur ein wenig arbeiten, um so die Überfahrt zu bezahlen. Nichts Schweres, so versicherte er mir. Ja, warum eigentlich nicht? Ich willigte daher ein. Der gute Mann nahm daraufhin den Telefonhörer in die Hand und rief jemanden in Santos an. Irgendeinen Mitarbeiter einer deutschen Reederei. »Ist der Frachter soundso noch im Hafen?« Ohne seine Mimik zu verändern, lauschte er in den Hörer hinein. Nachdem er aufgelegt hatte, schaute er mich mit bedauerndem Blick an und verkündete mir, was ich mir schon gedacht hatte. Sein Gesichtsausdruck hatte Bände gesprochen. Einem alten Pokerspieler macht man nichts vor. Der Frachter soundso hatte die Fahrt schon wieder aufgenommen und war gerade ausgelaufen, nicht Richtung Heimat, sondern in Richtung Südafrika, jedoch zu meinem Glück mit Zwischenstopp in Montevideo. Ob ich trotzdem mitfahren wolle? Ich wiegte nachdenklich meinen Kopf. Zweifel kamen auf. Was sollte ich denn dort? Südafrika lag ja in der entgegengesetzten Richtung von Europa. Zudem war der Pott schon davongeschwommen. Ja, meinte der Honorarkonsul, das sei kein Problem, denn es gebe ja Flüge nach Montevideo, der nächsten Anlaufstelle. Wenn ich mal an Bord des Schiffes wäre, wäre ein Wechsel in irgendeinem Hafen der Welt möglich. Nein! So lautete meine Antwort. Ich hatte einen folgenschweren Entschluss gefasst. Da war dann also nichts mehr zu machen, meinte dieser nette Mensch. Sobald sich was ergeben würde, bekäme ich Nachricht. Sollte ich jedoch meine Meinung ändern und mit dem Flugzeug nach Hause wollen, so könnte er mir eine Passage besorgen, die ich jedoch bei Ankunft zu Hause rückerstatten müsste. »Scheiße, noch mehr Schulden!«, fuhr es mir durch den Kopf. Darüber wollte ich später noch nachdenken. Jetzt wollte ich mein Glück doch noch einmal herausfordern. Artig bedankte ich mich bei dem Vertreter Deutschlands hier in Santa Catarina und fuhr erst mal zurück nach Indaial. Wenn ich an ein wenig Geld herankam, konnte ich es ja doch noch einmal am Spieltisch versuchen. Da fiel mir Brigitte ein. Sie hatte ja selbst nicht besonders viel Geld zum Leben, aber mit ein bisschen gutem Willen konnte sie mir etwas Geld besorgen. Mit dem geborgten Geld von Brigitte könnte ich es ja noch einmal riskieren. Diese verdammte Sucht! Schon war in Gedanken ein Plan fertig. So zog ich Erkundigungen ein über Bankverbindungen, zu erwartende Wechselkurse und Auszahlungsmodalitäten. Beim normalen Bankverkehr lief alles über die brasilianische Zentralbank. Hohe Abzüge, obendrein auch ein schlechter Wechselkurs. Zudem musste ich mich auf eine sehr lange Auszahlungszeit einstellen, sagte mir der Bankangestellte. Um dies alles zu umgehen, meinte er mit einem vielsagenden Augenzwinkern, solle ich den Western Union Service in Anspruch nehmen. Komplikationslos! Das Geld wäre in Sekundenschnelle überwiesen. Zudem waren die Überweisungsgebühren sehr, sehr niedrig. Der Großteil dieser Gebühren würde ohnehin vom Absender bezahlt. Das hörte sich gut an. Letztendlich blieb nur noch, mit Brigitte in Verbindung zu treten und sie um den besagten Gefallen zu bitten. Irgendwo in meinem Gepäck hatte ich einen Zettel, auf dem ihre Telefonnummer stand. Aber wo? Ich schaute zuerst einmal im Geldbeutel nach, dann zwischen meinen anderen Papieren, drehte die Taschen meines Blazers nach außen, doch konnte ich den besagten Zettel nirgends finden. Nahm an, ihn weggeworfen zu haben, doch trotzdem suchte ich weiter. Ich war den ganzen Nachmittag damit beschäftigt, nach dem Stück Papier zu suchen. Wieder einmal bewahrheitete sich das Sprichwort »Wer suchet, der findet«. Endlich gegen Abend dann fand ich den kleinen, mehrfach gefalteten Zettel in einer meiner Hosentaschen. Der Zeitumstellung wegen rief ich am nächsten Vormittag in Deutschland an. Es dauerte ungewöhnlich lang, bis die Verbindung hergestellt war. Als ich Brigittes Stimme am anderen Ende hörte, hätte ich am liebsten den Hörer wieder aufgelegt, so sehr schämte ich mich jetzt. Wie hatte ich diese Frau vergessen können! Sie hatte sich für mich so starkgemacht. Meine Freunde und ganz besonders sie. Ich kam mir wie ein Verräter vor. Sie aber freute sich immens, nach so langer

Zeit etwas von mir zu hören. Ihre Stimme überschlug sich, so glücklich war sie. Dann berichtete sie mir alle Neuigkeiten, die sich in letzter Zeit daheim zugetragen hatten. Sie habe jeden Tag auf eine Nachricht gewartet, doch vergebens. Als Allererstes war sie jeden Morgen an den Briefkasten gegangen und hatte nachgesehen, ob sich darin eine Nachricht befand. Als keine Nachricht mehr kam, hatte sie sich Sorgen um mich gemacht. Jedes erdenkliche Schreckensszenario hatte sie sich vorgestellt. Nur zwei Postkarten hatten sie erreicht, in all der Zeit. Enttäuscht musste sie feststellen, dass mir etwas passiert war oder ich sie vergessen hatte. Ohne Umschweife gab sie mir zu verstehen, wie weh ihr dieser Gedanke getan hatte. Ich schwieg und ließ sie reden. Was hätte ich ihr auch sagen sollen? Wie mein monatelanges Schweigen entschuldigen? Während sie die ganze Zeit über an mich gedacht und sich Sorgen gemacht hatte, war ich mit den Weibern hier im Bett gelegen und hatte an nichts weiter gedacht als nur an das Mausen. Keine einzige Minute an diese Frau gedacht. Und jetzt wollte ich sie auch noch um Geld anbetteln, damit ich es am Spieltisch verscherbeln konnte. Ich brachte es einfach nicht übers Herz, ihr den wahren Grund meines Anrufes mitzuteilen. Ich schob mein Anliegen bis zum nächsten Telefongespräch mit ihr hinaus. Außer Spesen an diesem Tag nichts gewesen. Das Gespräch war am Ende recht teuer und doch umsonst. Ich hängte den Hörer enttäuscht in die Gabel zurück, aber nahm mir felsenfest vor, sie beim nächsten Anruf um das geplante Geld zu bitten. Viel, darüber war ich mir jetzt schon sicher, würde es auf keinen Fall werden. Wenn überhaupt, so konnte ich nicht mit mehr als tausend Mark rechnen. Darüber hinaus hatte ich noch Schulden in verschiedenen Spielhöllen der Stadt. Aus diesem Grunde musste ich nun des Öfteren nach Florianopolis, um die dortigen Gläubiger zu vertrösten. Früher hatte ich bei ihnen Kredit gehabt, denn sie waren sicher, dass dieser spätestens am Tag darauf beglichen würde. Selbstverständlich mit einem kleinen Zinsbetrag. Jetzt aber war ich für sie keinen Pfifferling wert. Sie saßen mir im Nacken. Wollten ihr Geld sehen. Sie hatten wohl Angst, ich würde mich nach Deutschland absetzen und sie müssten es in den Wind schreiben. Ich hatte schon miterlebt, wie böse diese Leute werden konnten, wenn man ihnen Geld schuldete und es nicht im Laufe einer gewissen Frist zurückzahlte. Hatte persönlich einen ihrer Kunden kennengelernt. Lorenzo, ein kleiner Fisch im Drogengeschäft, hatte bei ihnen Schulden gehabt und sich mit der Rückzahlung Zeit gelassen. Mehr Zeit, als ihnen recht war. Das hätte er besser nicht getan. Er bekam drei Mal Besuch. Jedes dieser Male mit der freundlichen Aufforderung, seine Rückstände zu begleichen. Beim letzten Besuch, den der Lorenzo empfing, hatte er danach ein Loch im Knie. Ein kugelrundes Loch und ein steifes Kniegelenk dazu. Die nächste Aufforderung ist dann aber auch die letzte. Davor ist es höchste Zeit, etwas zu tun, will man nicht zum Fraß für die Aasgeier auf einer Müllhalde werden. So weit hatte ich nicht vor es kommen zu lassen. Mein Leben war mir lieb und teuer. Aber die Höhe meiner Schulden steigerte sich von Tag zu Tag. Es würde bei dem Zinssatz, den die Kasinobesitzer berechneten, nicht lange dauern und ich hätte wöchentlich einen halben Mindestlohn zu zahlen.

Laut Adam Riese zwei Mindestlöhne im Monat. Dieser betrug umgerechnet etwa achtzig oder neunzig US-Dollar. Also arbeiten und dies im Angestelltenverhältnis war recht unrentabel. Es brachte nicht genug ein. Die Monatslöhne der meisten Arbeiter betrugen umgerechnet etwa hundert bis dreihundert Dollar. Je nachdem, welchen Beruf man ausübte. Das einfache Leben hier im Lande war mit hundertfünfzig US-Dollar machbar. Damit konnte ich allerdings keine großen Sprünge unternehmen. Ich hatte Miete zu zahlen, wenn ich umzog. Auf den Tisch kam das brasilianische Einheitsessen wie schwarze Bohnen und Reis, etwas Obst und Gemüse, Kaffee und Hahnenwasser. Aber was blieb mir übrig? In diesen sauren Apfel musste ich beißen. »Mensch, Benno, du bist ein Riesen-Rindvieh«, schimpfte ich mich selbst. Verärgert war ich über mich selbst. Hätte ich einen längeren Hals gehabt, ich hätte mir selbst in den Arsch beißen können. Die Hotelkosten waren nicht mehr tragbar. Wenn sich am Anfang alle darum gedrängelt hatten, mir den Start hier im Lande so leicht und angenehm wie möglich zu machen, war jetzt hiervon nichts mehr zu verspüren. Ich musste für sämtliche Kosten selbst aufkommen. Ich sprach mit den Kasinobesitzern. Auf das Angebot, in einem der Kasinos zu arbeiten und so meine Schulden abzuarbeiten, gingen sie erst gar nicht ein. So fragte ich an, ob wir eine Möglichkeit vereinbaren könnten, den Zinssatz einzufrieren. Vielleicht, so dachte ich, könnte ich mich ja irgendwo in einem Kaufhaus oder einem Restaurant als Geschäftsführer oder doch als Abteilungsleiter bewerben. Mit etwas Glück war da ein Monatslohn von bis zu vierhundert Dollar möglich. Ja, da konnte man zumindest noch mit einem einigermaßen guten Lohn rechnen, gerade ausreichend, wollte man den bestehenden Schuldenberg abbauen. Wenn ich sehr sparsam lebte, bestünde eine Aussicht, die Schulden in niedrigen Monatsraten in Höhe von hundert Dollar zu tilgen. Darüber könne man sich unterhalten, bekam ich zur Antwort. Mit diesem Vorsatz, mich als Geschäftsführer zu bewerben, machte ich mich auch schon am nächsten Morgen auf den Weg. Ich putzte Türklinken, wie man allgemein sagte. Ging von einem Haus in das andere, von einem Vorstellungsgespräch zum anderen. Am Abend kam ich dann erschöpft zurück ins Hotel. Bei einer kühlen Flasche Bier blickte ich im Geiste auf den Verlauf des Tages zurück. Eine ganze Reihe von Vorstellungsgesprächen hatte ich geführt, doch keinen greifbaren Erfolg dabei erzielt. In Rio oder Sao Paulo, aber auch in Florianopolis wäre es entschieden leichter gewesen, eine entsprechende Stelle zu finden, als hier am Ende der Welt. Jedenfalls dachte ich dies. Ich fing langsam an die Gegend hier zu hassen. Überlegte, ob ich nicht zu einem meiner Stammtischfreunde gehen sollte, um diesen um Hilfe zu bitten. Ob da reelle Chancen bestünden, war ich mir nicht mehr so sicher. Die andere Frage war, wie sie mich wohl nach all den Wochen und Monaten aufnehmen würden. Ob überhaupt. Laut Hermann waren sie recht enttäuscht über mein Verhalten gewesen. Sie hatten mir als Neuankömmling die helfende Hand gereicht, und ich hatte sie zurückgewiesen. Hätte mich wie ein Traumtänzer aufgeführt, während sie mich für einen jungen Mann angesehen hatten, der mit seinen Füßen auf dem Boden stand. Für die Erfüllung meines Vorhabens hätten sie mir jegliche Hilfe zugestanden. In ihren Augen war ich ein undankbarer Mensch, der keinerlei weitere Hilfe zu erwarten hatte. Besonders gekränkt habe sich Herr Kretz gezeigt. Der Einzige, der mir als Freund noch geblieben war, das war er, das war Hermann. Aber bei Herrn Kretz für mich vorsprechen, das wollte er nun doch nicht. Auch nicht bei einem der anderen Herren. Dazu fürchtete er zu sehr, sie zu verärgern und gar gegen sich selbst aufzuwiegeln. »Benno, sei mir nicht böse, ich brauche diese Beziehungen!« Er gab mir trotzdem einige Adressen von Leuten, die mir unter Umständen behilflich sein könnten. Aber, so meinte er, ich solle mir keine allzu großen Hoffnungen machen. Hm, das war ja nicht gerade eine vielversprechende Aussicht. Das ganze Land befand sich zurzeit in einer wirtschaftlich schlechten Situation. Die Inflation war groß und das Vertrauen in die Politik nicht vorhanden. Daher wurde nur an den Börsen das große Geschäft gemacht, aber in neue Arbeitsplätze war niemand bereit zu investieren. Nun, am nächsten Tag nahm ich trotzdem meinen ganzen Mut zusammen und ging zu den von Hermann genannten Geschäftsleuten. Es waren keine Adressen in Indaial auf dem Zettel, den er mir gegeben hatte. Nur Adressen in Nachbarorten. Kein einziger Laden groß genug, um mir ein einigermaßen akzeptables Gehalt zu garantieren. Lauter kleine Unternehmen. Quetschen, wie man in Deutschland sagt. Die Antworten waren die gleichen wie am Vortag. Im Moment war da nichts zu machen. Ich solle mich gedulden und man würde mir zu gegebener Zeit eine Nachricht zukommen lassen. So ging das nun schon eine geraume Zeit. Tag für Tag das

Gleiche. Alle warteten auf ein Wunder. Bis das jedoch eintraf, konnte ich nicht warten. Auch die an Brigitte neuerlich gerichtete Anfrage eines kleinen Kredits war negativ geendet. Sie besaß im Augenblick kein überflüssiges Geld, doch wollte sie schauen, was sich machen ließe. Ihr gegenüber benutzte ich eine Geschichte mit einem Raubüberfall, dem ich zum Opfer gefallen war. Mein gesamtes Geld sei mir abhandengekommen und jetzt sitze ich auf dem Trocknen, erzählte ich ihr. »Ich habe es geahnt«, rief Brigitte in den Hörer, »ich habe es immer und immer wieder gesagt, dass es in Brasilien zu gefährlich zum Leben ist!« Ja, das war es dann. Und ich hatte auch noch davon geträumt, sie zu überreden auszuwandern. Auch wenn ich wollte, das würde sehr schwierig werden. Eigentlich aussichtslos! Sie würde sich so schnell nicht überzeugen lassen. Auch konnte ich von ihr zu diesem Zeitpunkt keine Hilfe erwarten und wenn, dann keine große und schnelle Hilfe. Armes Mädel! Letztendlich musste ich das Hotel verlassen und zog einige Tage später nach Pescador, einem kleinen Ort an der Küste in der Nähe von Florianopolis, jedoch gegenüber auf dem Festland gelegen, nicht auf der Insel selbst. Niemandem verriet ich meinen neuen Wohnort. Das Gute hier in Brasilien war, dass man sich nirgends melden musste, wie zum Beispiel in Deutschland. Es gab kein Einwohnermeldeamt. Wollte man einen Kredit aufnehmen oder einen Nachweis über den Wohnort führen, reichte es, wenn man die Stromrechnung der letzten drei Monate vorlegte. So einfach war es. Wenn ich jetzt Glück hatte, würden mich meine Gläubiger nicht finden und im Laufe der Zeit vergessen. Wie ich später feststellen sollte, war diese Denkweise recht blauäugig von mir. Es konnte lange dauern, aber eines Tages hatten sie den Gesuchten ausfindig gemacht. Sie ließen nie locker, sondern hatten überall Augen und Ohren. Irgendwann schnappte dann die Falle zu. Ich setzte darauf, dass sie mich nicht fanden. Wollte einmal die Ausnahme sein. Also mietete ich mir dort in dem Küstenort vorerst ein geradezu winziges Zimmer, welches ich für die nächsten zwei Monate im Voraus bezahlte. Mein neues Zuhause war recht gewöhnungsbedürftig. Nicht mit den Wohnverhältnissen zu vergleichen, die ich bisher gewohnt war. Wäre die Miete nicht so günstig gewesen, ich wäre hier niemals eingezogen. Aber in der Lage, in der ich mich befand, blieb mir keine große Wahl. Wie die meisten Einfamilienhäuser dieser Gegend war auch dieses aus Brettern zusammengezimmert. Es war sauber. Aus dieser Sicht her also positiv. Der Betonboden war mit rotem Wachs bedeckt. Die Holzwände waren mit weißer Farbe gestrichen. Ich war zwar kein Fachmann, aber hätte mich jemand gefragt, hätte ich mein Leben dafür verwettet, dass es sich dabei um mit Wasser angerührten Kalk handelte. Nach oben blickte man auf die Dachplatten aus grauem Eternit. Von einem der Dachbalken hing ein Kabel mit Fassung und einer Glühbirne darin herab. Der Lichtschalter neben der Tür war noch aus der Zeit des alten Edison. Die Einrichtung selbst war eher spartanisch und bestand aus einem Bett mit harter Matratze, einem Tisch, zwei Holzstühlen und einem Kleiderschrank. Toilette und Waschgelegenheiten befanden sich vor dem Zimmer, draußen auf dem Flur. Jetzt in den Sommermonaten war es drückend heiß, da das Gebäude in keiner Weise isoliert war. Den ganzen Tag über brannte die Sonne unbarmherzig auf diese Dachplatten nieder. Wie ich von meinem Zimmernachbarn, einem Studenten, erfuhr, sollte es in der Gegend im Winter bitterkalt werden. Eine Heizung gab es nicht. Ich konnte mir nicht vorstellen, dass ich zu dieser Jahreszeit mit Freuden unter die Dusche gehen würde. Es handelte sich dabei um eine Elektrodusche, zu deren Installation ich ohnehin wenig Vertrauen aufzubringen vermochte. Zudem stellte ich bei Gelegenheit fest, dass das Wasser im Sommer heiß und im Winter lauwarm auf den Körper rann. Auch wenn man im Sommer den Duschregler auf Kalt und im Winter auf Warm stellte. Das war einerlei! Auf dem Dach des Hauses waren zwei große Wasserkästen installiert mit je eintausend Liter Fassungsvermögen. Durch die Sonneneinstrahlung im Sommer war das Wasser daraus pisswarm bis kochendheiß, während es im Winter eiskalt von der Elektrodusche unmöglich aufgeheizt werden konnte. Drehte man bei kalter Jahreszeit den Hahn so auf, dass nur wenig Wasser durch den Duschkopf rann, lief man Gefahr, einen Kurzschluss zu erzeugen. Dann stand das ganze Haus im Dunkeln. Zudem machten diese Dinger auf mich einen recht unsicheren Eindruck. Von einem Deckenbalken hingen zwei Kabel herunter, deren Enden mit den zwei aus dem Duschkopf kommenden Kabeln verbunden waren. Das dritte Kabel war das Erdungskabel, es zeigte in Himmelsrichtung. War also nirgends angeschlossen. Zudem soll die Verbindung von Strom und Wasser eine ausgesprochen tödliche sein. Dieser Gefahr begegnete ich im ganzen Lande. Stand man unter der Dusche, durfte man die Arme nicht zur Decke strecken, wollte man die Berührung mit den Kabeln vermeiden. Auf meine Ängste diesbezüglich beruhigte mich die Zimmerwirtin mit den Worten: »Bis heute haben alle meine Mieter das Badezimmer lebend verlassen.« Falls es in meinem Falle anders verlaufen sollte, würde sie meine Angehörigen benachrichtigen. Nun, das war ja gut zu wissen! Einen Haken aber hatte die Geschichte, meine Angehörigen lagen alle im Mannheimer Hauptfriedhof, tief unter der Erde. Außerdem befand sich zu deren Behausung kein Einwurfschlitz, durch den man die Benachrichtigung hätte zustellen können. Aber das wusste meine Vermieterin Frau Moraes Schneider zu dem Zeitpunkt noch nicht. Das konnte ich ihr ja auch zu einem späteren Zeitpunkt zu erklären versuchen. Im Mietpreis enthalten war dann auch die Benutzung der Bettwäsche, die alle vierzehn Tage gewechselt wurde. Ein sauberes Handtuch gehörte ebenfalls dazu. Letzteres wurde jedoch jede Woche getauscht. Die Hausordnung glich einem Roman. Sie umfasste an die hundert Punkte. Ich habe sie nie zu Ende gelesen. Hatte keine Zeit, aber ehrlich gesagt auch keine Lust dazu. Jedes erdenkliche Verhalten wurde aufs Genaueste reglementiert. Wie ich mir gleich bei Betreten des Hauses und Einsicht dieser Hausordnung gedacht hatte, handelte es sich bei der Zimmerwirtin um eine resolute ältere Dame mit deutschem Stammbaum, wie sie mir auch noch mit Stolz verkündete. Der erste Eindruck, den ich von ihr hatte, war nicht gerade der beste. Ganz harte Nuss! Hatte bestimmt Haare auf den Zähnen, dieser Drache. Doch bald schon musste ich meine anfängliche Einschätzung grundsätzlich revidieren. Bei

der erstbesten Gelegenheit sprach ich meine Zimmerwirtin an und erklärte ihr, dass ich arbeitslos sei, aber
mich auf Arbeitssuche befände. Da ich ihr nicht unbedingt sagen wollte, dass ich mein Geld in einer Spielbank
verzockt hatte, erzählte ich ihr die gleiche Geschichte
wie die, die sich auch Brigitte hatte anhören müssen. Wie
bei Brigitte etwas von einem Überfall, bei dem mir fast
mein ganzes Geld gestohlen wurde. Diese Geschichte
war genial. Die Frau hörte mir gerührt zu, hatte Mitleid
mit mir und erklärte mir, Verständnis zu haben, wenn
ich meine Miete nicht am nächsten Ersten bezahlen
könne. Sie war einfach rührend. So manchen Nachmittag verbrachte ich von nun an auf dem Sofa in ihrem
Wohnzimmer. Bei einer Tasse Kaffee musste ich ihr aus
Deutschland berichten. Sie war sehr wissbegierig. Obwohl sie nie ihre Füße auf den Boden ihrer Vorfahren
gesetzt hatte, kannte sie sich prächtig in dem alten
Deutschland aus. Wenn ich bei meiner Erzählung ihr
gegenüber etwas vergaß, so wies sie mich darauf hin. Sie
kannte sich manches Mal besser aus, als ich es tat. Aber
auch über Brasilien und seine Geschichte konnte sie einiges erzählen. Trotz der Tatsache, dass ich mich mein
bisheriges Leben lang immer für Brasilien und seine Geschichte interessiert hatte, war mein Wissen verglichen
mit dem ihrigen gleich null. Letztlich war mir, als gehe
es ihr nur darum, sich mit ihrem Wissen über Deutschland zu brüsten. Dieses Verhalten habe ich bei so manchen deutschstämmigen Brasilianern bemerkt. Ich
denke, dies ist eine Art Ausgleich für einen Minderwer-
tigkeitskomplex, den sie gegenüber den Deutschländern,
wie sie die echten Deutschen nennen, haben. Sie erzählte

mir auch Begebenheiten aus ihrem Leben. So erfuhr ich, dass sie alleine lebte und, um nicht gänzlich zu versauern, die Zimmer im Nebengebäude an Studenten und Reisende vermietete. Somit hatte sie immer Gesellschaft und Unterhaltung. Ihr Mann war vor Jahren verstorben. Sie hatten keine Kinder gehabt. Bei Frau Moraes Schneider fand ich Trost, wenn ich erfolglos von der Arbeitssuche nach Hause kam. Damit ich nicht die paar Cruzeiros aufbrauchte, die ich noch hatte, lud sie mich fast täglich zum Essen ein. Wie ein liebes Mütterlein behandelte sie mich. Obwohl ich mich wie ein Schmarotzer fühlte und es mir peinlich war, nahm ich ihre Einladungen an.

Endlich Arbeit

Es dauerte lange, doch endlich hatte auch ich eine Glückssträhne und fand nach langem Suchen eine Arbeit in einem Restaurant. Eine Neueröffnung! Die Besitzer, ein junges brasilianisches Ehepaar, wollten von dem jährlich ins Land schwappenden Tourismusstrom profitieren. Die Urlauber aus den südlichen Nachbarländern wollten ein wenig von dem deutschen Flair des Südens erleben. Hauptattraktion für den alljährlichen Touristenschwarm bildete die Küstenregion, aber auch die Städte Blumenau am Rio Itajai und die Stadt Pomerode am Rio Testo. Hierzu zählte zu einem großen Teil auch die deutsche Küche. Daher öffneten sie diese kleine Kneipe. Nichts Besonderes! Aber die Tätigkeit verlangte auch kein großes Können. Somit war auch der Lohn nicht der Rede wert, umgerechnet neunzig Dollar. Damit konnte ich doch zumindest meine Miete bezahlen, und gegessen wurde am Arbeitsplatz. Panierte Schnitzel, Frikadellen, verschiedene Brat- und Brühwürste und Gulasch standen auf der Speisekarte. Hierzu gab es als Beilage Sauerkraut, Erbspüree, gemischtes Gemüse, Bratkartoffeln, Salzkartoffeln, Reis und Bohnen. Meine hausgemachten Spätzle kamen recht gut bei den Gästen an. Es war nicht viel zu tun. Ich musste mir daher auch kein Bein ausreißen. Morgens die Vorbereitungen für das Mittagessen. Ein bisschen Salat-Putzen, Tomaten-in-Scheiben Schneiden, Gurkensalat-Anfertigen, Zwiebeln-und-Speck-Würfeln, Erbsen-und-Karotten-in-einer-Mehlsauce-Binden. Fleisch für Spieße hatte ich schon am Vorabend gerichtet. Auch die Schweineschnitzel waren portionsgerecht geschnitten. Es gab jeden Tag ein Tellergericht zu einem günstigen, sogenannten Vorzugspreis. Darauf bedacht, die Verluste so gering wie möglich zu halten, verarbeitete ich immer die anfallenden Reste vom Vortag. Nach dem Mittagsgeschäft hatte ich bis zum Abend frei. Am Abend kam dann noch der eine oder andere Gast und bestellte etwas von der Tageskarte. Meistens wurden kleine Häppchen bestellt. Am Abend lag das Hauptgeschäft beim Verkauf von Getränken, besonders Bier. Ich nutzte die Zeit zwischen den Bestellungen und bereitete alles für den nächsten Tag vor. So half ich auch, wenn Not am Mann war, hinter der Theke aus. Ich hätte mehr tun können, aber warum sollte ich mich für einen Hungerlohn kaputtmachen. Irgendwann musste ich auch damit rechnen, dass man mich nicht mehr brauchen und vor die Tür setzen würde. So kam es auch. Eigentlich schneller, als ich gedacht hatte. Während der junge Wirt am Tresen stand und im Salon bediente, half seine Frau in der Küche mit, so gut sie eben konnte. Viel Ahnung vom Küchenhandwerk hatte sie nicht. Aber sie gab sich Mühe, was letztendlich belohnt wurde. Aus ihr war bald ein richtiger Profi geworden. Hatte in den vier Monaten, die ich mit ihr arbeitete, gelernt, was zu lernen war. Ohne Probleme konnte sie die auf der Karte befindlichen Gerichte zubereiten. Man brauchte mich nicht mehr, gab mir jedoch noch eine Galgenfrist von einer Woche. Dann war es so weit. Wie ich es mir gedacht hatte. Es wurde mir gekündigt. Gerade mal vier Monate Tätigkeit standen jetzt in meinem Arbeitsbuch. Entlassen während der Probezeit. Das war ein gravierender Makel. Die normale Probezeit betrug sechs Monate. Das gab dann bei der weiteren Arbeitssuche einen Grund zur Erklärung. Warum ich es nur vier Monate an diesem Arbeitsplatz ausgehalten hätte? Jetzt stand ich wieder auf der Straße, war wieder arbeitslos und rannte mir von neuem die Hacken ab. Ein Vorstellungsgespräch nach dem anderen, jedoch immer mit dem gleichen Ergebnis. Die Welt ödete mich an.

Schulden und nur ein Ausweg

Mittlerweile hatten mich meine Gläubiger entdeckt, trotz meines Versteckspieles. Eigentlich hatte ich gehofft, mehr Zeit herausholen zu können, um mein Glück mit etwas gespartem Geld aufs Neue zu versuchen und so meine Schulden zu tilgen. Es war mir gelungen, in all diesen Monaten sage und schreibe ganze achtzig Dollar zu sparen. Hätten ruhig noch ein wenig warten können. Doch sie waren schneller gewesen, als mir lieb war. Sie schickten mir einen kleinen, drahtigen Mann. Er war älteren Baujahres als ich selbst. Aber nicht viel älter. Bei den dunkelhäutigen Menschen ist es schwer zu schätzen, wie alt sie wirklich sind. An besagtem Tage war ich gerade im Begriff, das Haus zu verlassen, um mich für ein neues Arbeitsverhältnis zu bewerben, als mir dieser wie zufällig entgegentrat. »Bist du der Benno Schreiber?«, wollte er von mir wissen, wobei er meinen Nachnamen für mich gänzlich unverständlich aussprach. Ich nahm es ihm nicht übel. Als ich die Frage bejahte, ärgerte ich mich gleich darauf. Hier in diesem Land ist es nicht ratsam, dies zu tun. Ich war einfach noch zu grün hinter den Ohren. Denn man weiß nie, wer danach fragt. Meist steht man dabei seinem eigenen Tod gegenüber. Ich bekam, wie bereits erwähnt, jedoch noch eine Galgenfrist. Der kleine Mann übermittelte schöne Grüße und nannte mir die Namen der Geldgeber, die auf die Rückzahlung ihres Geldes warteten. Es hätte keinen Sinn, meinte er, wenn ich versuchte unterzutauchen. Man würde mich über kurz oder lang doch finden. Mit dem Rat, ich solle mich mit meinen Gläubigern in Verbindung setzen und reinen Tisch machen, verabschiedete er sich. Hätte er den Auftrag gehabt mich zu liquidieren, so wäre ich jetzt schon Vergangenheit. Läge mit mehreren Löchern im Körper hier auf der Straße und mein Blut würde sich mit dem Staub der Erde vermischen. So hatte ich noch einmal Glück, doch sollte ich es nicht allzu oft herausfordern. Er hatte recht! Diese ewige Angst im Nacken zu spüren war nicht angenehm. Es wäre ohnehin nur eine Frage der Zeit, wann sie meinen derzeitigen Aufenthaltsort herausfinden würden. Ich fuhr also am nächsten Tag mit dem Bus in die Stadt hinüber. Über die Brücke Hercilio da Luz, die die Stadt mit dem Festland verbindet. Ein imposantes Bauwerk, für dessen Schönheit ich jetzt kein Auge hatte. Dort angekommen, ging ich zu meinem größten Gläubiger, dem Senhor da Costa. Dieser empfing mich nicht gerade freundlich in seinem Büro. Davor war das anders gewesen. Als ich am Abend noch Hunderte Dollar auf den Spieltisch legte und diese oft genug in der Kasinokasse verschwanden, da war ich ein gern gesehener Gast im Hause gewesen. Angesichts dieser Tatsache wollte er eine Ausnahme machen. Trotz meines Versteckspieles. Ich erklärte mich bereit, das zu bezahlen, was gerade möglich sei. Als ich ihm jedoch Zahlen vorlegte, lachte er laut heraus. Während er noch lachen konnte, war es mir schon vergangen. Wie ein begossener Pudel kam ich mir vor. Richtig kindisch! Bei dem geschuldeten Betrag war dies nichts weiter als ein Tropfen auf den heißen Stein. Aber mehr war beim besten Willen nicht machbar. Kein Wunder also, wenn sich dieser Mann den Bauch vor lauter Lachen hielt. Dann wurde der Gesichtsausdruck des Herrn da Costa ernst. Er rechnete mir vor, dass ich bei meiner Art der Rückzahlung der Schuld in hundert Jahren noch zahlen müsste. Gar bei seinen noch ungeborenen Enkeln stünde ich noch hoch in der Kreide. Nein! So war da kein Geschäft zu machen. Letztendlich sei er ein Geschäftsmann. Aber, so meinte er, er könne sich vorstellen, wie ich möglicherweise die ganze Schuldenlast auf einmal tilgen könne. Vorerst würde er die Forderung auf sich beruhen lassen. Da wäre ein Auftrag, für den er einen cleveren Jungen bräuchte. Wenn ich bereit wäre, ins kalte Wasser zu springen, dann solle ich ihm umgehend Bescheid geben. Er erwarte von mir eine Zusage in den nächsten Tagen. Auf die Frage, worum es in dem Auftrag ging, wollte er mir jetzt noch keine Auskunft geben. Ich durfte sein Büro verlassen. So ging ich von einem Gläubiger zum nächsten und suchte für mich und sie eine akzeptable Lösung zu finden. Das war, wie sich im Laufe der Gespräche herausstellte, sehr schwierig, waren meine Schulden zwischenzeitlich doch in astronomische Höhe angewachsen. Mit den kleinen ausstehenden Beträgen konnten wir uns einigen, doch bei den großen Beträgen blieb alles offen. Herr da Costa verblieb mit mir so, dass er meinen Vorschlag, die Zinsen einzufrieren, annahm, bis ich meine Schulden bei den Restgläubigern getilgt hätte. Doch danach würde er auf Tilgung meiner Schulden ihm gegenüber bestehen, wenn ich seinen Vorschlag nicht annehmen würde. Dies auf die schnellstmögliche Weise. Zu mehr war er nicht zu bewegen. Es blieb mir keine andere Wahl, als das Angebot von Herrn da Costa anzunehmen. Was es auch zu tun gab, ich musste es annehmen. Nur so und auf diesem Wege konnte ich mich der Hauptlast der Zahlungen entledigen. Ich musste mich schweren Herzens mit dem Erreichten zufriedengeben. Daraufhin fuhr ich den weiten Weg nach Hause, doch war ich nicht glücklich über die von mir eingegangenen Abmachungen. Ich hatte geglaubt ein besseres Resultat erzielen zu können. Die zu bezahlenden Beträge überstiegen meinen womöglich zu erzielenden Monatslohn um das Mehrfache. Doch hatten sich meine Verhandlungspartner nicht auf weniger einlassen wollen. Ich blieb ihnen die zu zahlenden Beträge also weiterhin schuldig. Was sollte ich tun? Was war das für ein Auftrag, den ich für Herrn da Costa erledigen sollte? Auf der Heimfahrt zerbrach ich mir den Kopf darüber, ohne zu einem Ergebnis zu kommen. Dieser Mann hatte die Hände in allen schmutzigen Dingen, die man sich vorstellen konnte. Da war nicht nur das Glücksspiel. Auch besaß er ein Bordell. Ich wusste dies, da ich selbst oft in diesem als Gast verkehrt hatte. Ihm gehörten mehrere Nachtbars, Restaurants und Geschäfte sowie Wohnhäuser in der ganzen Stadt. Zudem verlieh er Geld zu Wucherzinsen. Ob er auch im Drogengeschäft mitmachte, wusste ich nicht, aber es war anzunehmen. Bald schon sollte ich es wissen. In etwa würde er mich wohl für irgendeine Tätigkeit in diesen Bereichen einsetzen. Nun blieb mir nichts anderes übrig, als zu warten und zu hoffen, dass es sich bei diesen Aufträgen um solche handelte, die sich im Normalbereich hielten. Schon wieder lief ich mir in den kommenden Tagen brav die Hacken ab, um nach einer entsprechend akzeptabel bezahlten Anstellung zu suchen. Immer in der Hoffnung, meine

Schulden auf anständigem Wege abzuzahlen. Doch auch jetzt wieder ohne den erhofften Erfolg. Verflixt und zugenäht! Das konnte doch einfach nicht wahr sein! Es nutzte nichts, wenn ich jetzt den Tag, an dem ich mich an den Spieltisch gesetzt hatte, verfluchte. Nur ein paar Tage nach dem Besuch im Büro bei Herrn da Costa kam schon ein Telegramm mit der Aufforderung, ich solle mich umgehend bei ihm melden. Schon am kommenden Tage stand ich vor seinem Schreibtisch. Doch es war nicht Herr da Costa, der mich empfing. Ein mir gänzlich unbekannter Mann saß mir da gegenüber. Ich hatte diesen zuvor nie gesehen. Er musterte mich eingehend. Über den Rand seiner Nickelbrille. Stechend scharf blickten seine Augen auf mich. Sie zeigten eine gewisse Härte. »Unangenehmer Zeitgenosse«, dachte ich bei mir. Ich fand seine Art, wie er das tat, recht unverschämt. Das machte ihn für mich sehr unsympathisch. Auch ich war ihm nicht gerade geheuer. Er wunderte sich laut darüber, wie sein Arbeitgeber einen Mann wie mich für einen solchen Auftrag aussuchen könne. Missbilligend schüttelte er den Kopf. Dann wurde es still im Raum. Erst nach geraumer Zeit wurde die Stille unterbrochen. Das Telefon auf dem schweren Schreibtisch klingelte mehrmals, bis dieser komische Typ es endlich abhob und sich mit Eduardo meldete. Nachdem er genickt und »Sim« gesagt hatte, blieb er stumm und lauschte aufmerksam in den Hörer. Dabei nickte er mehrmals hintereinander. Nach einem kurzen »Claro« legte er den Hörer auf die Gabel. »Kommen Sie«, sagte er zu mir und ging durch die Tür aus dem Raum. Ich hatte Mühe, ihm zu folgen. Er ging nicht, er hastete vor mir her. Ohne sich ein einziges Mal nach mir umzudrehen, rannte er auf den Ausgang des Gebäudes zu. Bald darauf fuhren wir Richtung Ostseite der Insel zum offenen Atlantik hin. Er hatte aufgegeben, an mir herumzunörgeln, half wohl nichts, gegen den Chef anzugehen. Dafür würdigte er mich keines Blickes mehr. Auch sprach er kein Wort mehr mit mir. Das Ziel unserer Fahrt war ein winziges Fischerdorf. Dieses Dorf mit dem schönen Namen Espinha da Rosa hatte nicht viel zu bieten. Dort gab es eine Hauptstraße, die bis zum Kai hinunterführte. Seitlich zweigten drei auf der einen beziehungsweise zwei Straßen auf der anderen Seite ab. Eine alte, im Barockstil gebaute, dem Verfall preisgegebene Kirche. Drumherum sammelten sich die meist einstöckigen, in weißer Farbe gehaltenen Häuser mit den roten Ziegeldächern, den bunten Türen und Fensterläden. Der Geist Portugals und der Azoren war hier zu spüren. Ein paar kleine Geschäfte und einige Lagerhallen dazwischen. Vor der Kirche befand sich ein freier Platz mit einem Pumpbrunnen darauf und von mehreren Bänken eingerahmt, die den müden Wanderer zum Sitzen einluden. Neugierig war ich geworden, weshalb wir hierherfuhren.

Der blutige Anfang

Warum hierher und was sollte das? Doch fragen wollte ich diesen arroganten Pinsel, diesen Eduardo nicht, um damit eine dumme Antwort zu vermeiden. Ich ließ es einfach auf mich zukommen. Wir saßen zu dritt in dem Wagen. Der Fahrer, dieser komische überhebliche Kauz, der sich mir bis jetzt noch nicht persönlich vorgestellt hatte, und natürlich ich. Vor einem Lagerschuppen hielt das Fahrzeug an. Wir stiegen gemeinsam aus. Während der Fahrer am Fahrzeug blieb, gingen der Kauz Eduardo und ich in das Gebäude hinein. In der Halle waren einige schwere Regale seitlich an den Wänden aufgebaut. Alle waren sie vollgestopft mit irgendwelchen Kisten und Kartons. Inmitten der Halle stand ein Fischerboot, etwa sechs Meter lang, auf einer Art hölzernem Slipwagen. Es roch nach frischer Farbe. Das Boot sah aus, als sei es frisch überholt worden. Daneben standen auf dem Boden eine Menge mit Deckeln verschlossene Blecheimer, daneben mehrere riesige Kisten. Wie ich an den Kisten mit schwarzer Farbe aufgemalt lesen konnte, enthielten sie irgendwelche Maschinenteile. Ich begann langsam an meinem Verstand zu zweifeln. Was wollte dieser Herr da Costa von mir? Ja, hoffentlich dachte er nicht daran, mich hier als Lagerarbeiter einzustellen. Da konnte ich ja bis an mein Lebensende schuften, um meine Schulden bei ihm abzuzahlen. Ah, dann sollte er mich doch gleich erschießen lassen. So etwas Dummes und Irrsinniges konnte er sich doch nicht einfallen lassen! Das war doch hirnrissig! Doch gleich verwarf ich diesen Gedanken wieder. Da steckte ganz bestimmt etwas anderes dahinter. Also abwarten und der Dinge harren, die da noch kommen sollten. Wortlos standen wir beide nun in der Halle herum. Fast genüsslich blies er den Rauch seiner Zigarette hoch in den Raum, dabei begleitete sein Blick die davonfliegenden Wölkchen. Dieser Kerl hatte die Ruhe weg. Ich kam nicht drum herum, ihm für eine geraume Zeit mein Augenmerk zu widmen. Seine Gesten verrieten, dass dieser Mann eine gute Kinderstube durchlaufen hatte. Während ich ihn, wie gesagt, für längere Zeit im Auge behielt, würdigte er mich keines Blickes. Dachte ich eine Antwort auf meine Fragen in seinem Mienenspiel zu entdecken, so hatte ich Pech. Wieder fiel ich in Gedanken zurück und zermarterte mir weiterhin meinen Kopf. Es hatte alles keinen Zweck! Ich sollte nicht erraten, was der Zweck meines Hierseins war. Nach einigen Minuten schwang ich mich auf eine der Kisten. Im Sitzen konnte ich genauso gut warten wie im Stehen, nur eben etwas bequemer. Mein Begleiter schaute währenddessen mehrmals auf seine Armbanduhr, steckte sich eine weitere Zigarette an und wartete seelenruhig. Sein Mienenspiel zeigte in keiner Weise irgendeine Regung. Er war so um die vierzig, hatte auffallend schwarzes, gewelltes Haar, wie die meisten brasilianischen Männer trug er einen äußerst gepflegten Oberlippenbart. Ein Cabóclotyp. Buschige Augenbrauen über dunkelbraunen, intelligent dreinschauenden Augen. Sein gut durchtrainierter Körper steckte in einem maßgeschneiderten hellgrauen Anzug. Das war feinster Stoff. Keine billige Meterware. Auch das blütenweiße Hemd, das er anhatte, zeugte von exzellenter Qualität. An der Hand eine goldene Rolex und am Ringfinger der linken Hand einen Siegelring. Was mir ganz besonders an ihm auffiel, waren die auf Hochglanz geputzten Schuhe. Ich bin kein Schuhfetischist, aber solche Dinge fallen mir sofort auf. Alles in allem machte er auf mich einen sehr seriösen Eindruck. Immer noch warteten wir geduldig auf das, was da noch kommen sollte. Er hatte gerade die vierte Zigarettenkippe auf dem Boden vor sich ausgetreten, als ein quietschendes Geräusch irgendwo im hinteren Teil der Halle erklang. Ich muss gestehen, ich erschrak ein wenig. Es war keine Tür, aber auch kein Fenster in diesem Teil der Halle zu sehen gewesen, wo das Geräusch hätte herkommen können. Dann erblickte ich den Deckel der Falltür, die sich öffnete und aus der eine männliche Gestalt emporstieg. Das also war der Grund unseres Wartens. Ein Allerweltsmensch, sah aus wie ein portugiesischer Fischer. Mein Begleiter und er begrüßten sich, ohne viele Worte zu machen. Ein Handschlag, ein kurzes Ola, das war alles. Er, Eduardo, winkte mir, ihm zu folgen, und ging dem aus der Tiefe Auferstandenen hinterher zurück in die Versenkung. Nach mir schloss er den hölzernen Deckel, und wir verschwanden in einer Art unterirdischem Geheimgang. Dieser war nur schwach beleuchtet. Zehn Stufen ging es hinab. Kaum hatten sich meine Augen an das schummrige Licht gewöhnt, standen wir erneut vor einer Treppe. Nach etwa fünfundzwanzig Metern wieder zehn Stufen hinauf. Es öffnete sich eine weitere Klappe. Wie die andere war auch diese der Deckel einer Falltür. Unser Begleiter stemmte sich dagegen, und mit einem ächzenden Laut hatte er sie nach oben gewuchtet. Sie schien nicht gerade leicht zu sein. So standen wir jetzt in einer anderen Halle. Eher eine Garage. Diese Halle war klein und niedrig. Auch hier befanden sich einige Regale, die jedoch nicht an der Wand entlang, sondern hintereinander aufgestellt waren. Den Regalen gegenüber stand ein langer Tisch. In den Regalen befanden sich Kartons mit Plastiksäckchen verschiedener Größen. Stapelweise Einpackpapier. Ganze Schnurrollen, auch die in verschiedenen Kalibern. Ich hatte zu wenig Zeit, um mir das alles ganz genau, Detail für Detail anzuschauen. Denn die beiden Männer hatten es jetzt eilig. Nichts mehr mit dieser stoischen Ruhe. Der Herr mit dem grauen Anzug übergab ein Kuvert, das er aus der Innentasche seines Sakkos zog. Im Gegenzug erhielt er ein kleines Päckchen. Beide hatten versucht diesen Tauschakt vor meinen Augen geheim zu halten, indem sie mir die Rücken zudrehten. Ich meinerseits tat so, als hätte ich von der ganzen Transaktion nichts bemerkt. Er, dieser feine Pinkel, verabschiedete sich von seinem Partner und ging an mir vorbei, ohne mich auch nur eines einzigen Blickes zu würdigen. »So ein Arschloch!«, dachte ich bei mir, als ich ihm nachschaute, wie er zur Falltür ging. Ich machte Anstalten, ihm zu folgen, wurde aber von dem neu hinzugekommenen Mann aufgehalten. »Du bleibst hier!«, befahl er. Obwohl er ein wenig korpulent war, sprang er behände die Treppe hinab und folgte dem Mitarbeiter von Herrn da Costa. Dieser arrogante Pinsel hatte es nicht einmal für notwendig gehalten, sich von mir zu verabschieden. Damit teilte er mir unmissverständlich mit, was er von mir hielt. Mit zwei Worten war dies zu umschreiben: Gar nichts! »Arschloch!«, brabbelte ich vor mich hin. Bis der andere wieder aus der Versenkung hervorkam, schaute ich mich diskret im Raum um. Der Deckel war nicht geschlossen worden, sondern nur an der Hallenrückwand angelehnt. Gedämpfte Männerstimmen drangen aus der Tiefe. Ich hörte, wie sich die beiden Männer nun unterhielten. Nur drei, vier Schritte trennten mich von dem Niedergang. Neugierig trat ich näher. Wollte wissen, worum es da ging. Konnte aber beim besten Willen kein Wort ihres Zwiegespräches verstehen. Auch wenn ich mein Gehör noch so anstrengte. Dann verstummten die Stimmen. Ich entfernte mich wieder von dem Niedergang, um keinen Verdacht auf meine Neugierde zu lenken. Es dauerte nicht lange und dieser korpulente, etwa vierzig Jahre alte Kerl stieg wieder die Treppen hoch. Leichtfüßig, als wäre er grad mal achtzehn Jahre und keine vierzig. Misstrauisch beäugte er mich, als er die Treppe heraufstieg. Wohl hatte er trotz all meiner Vorsicht meine Neugierde bemerkt. Mit einem kontrollierenden Blick wanderten seine Augen durch den Raum zu den Regalen hin. Nachdem er alles an seinem Platze vorgefunden hatte, schien er beruhigt. Nachdem er im Anschluss die Falltür verschlossen hatte, winkte er mich zu sich. Bereitwillig ging ich auf ihn zu. »Hilf mir mal«, forderte er mich auf und trat an eine Kiste, die ich noch nicht bemerkt hatte, da Segeltuch und Taue auf ihr lagen und sie verdeckt hatten. Außerdem stand sie hinter dem letzten Regal dort an der Wand. Mit vereinten Kräften wuchteten wir die Kiste auf die Geheimtür. »Obrigado«, bedankte er sich bei mir und stellte sich gleich darauf vor. Ricardo war sein Name, und ich nannte ihm meinen Vornamen, den er mit einem kaum wahrnehmbaren Kopfnicken zur Kenntnis nahm, als sei er gar nicht daran interessiert zu wissen, wie ich heiße.

Im Gegensatz zu dem anderen Kerl war er umgänglicher. Dass er mir seinen richtigen Namen genannt hatte, nehme ich nicht an. In diesen Kreisen ist es üblich, sich mit einem Nome de Querra anzusprechen. Also einem Aliasnamen. Man wusste ja nie, mit wem man es zu tun hatte. Er bot mir eine Zigarette an, während er mit der freien Hand das Segeltuch und die Taue ein wenig zur Seite schob und es sich auf der Kiste bequem machte. Obwohl ich ja nicht mehr rauchte, nahm ich trotzdem die mir angebotene Zigarette an. Dann kam es zu einem von ihm angeregten Plauderstündchen. Er war ein kollegialer Typ. Diesen Eindruck hatte ich von ihm, während wir uns über Gott und die Welt unterhielten. Wie lange wir miteinander plauderten, konnte ich mir beim besten Willen nicht erklären, da es in dem Raum, in dem wir saßen, kein Fenster gab. Eine Lampe hing von der Decke herab, der wir zu verdanken hatten, dass wir überhaupt etwas sahen. Auf der einen Seite dieser geheime Niedergang und dort gegenüber eine Tür aus Metall. Ich nutzte die Gelegenheit und fragte mein Gegenüber, warum ich hier herumsäße. Ob er mir verraten könne, was es auf sich habe mit meiner Anwesenheit hier. Ja, gab er mir zur Antwort, er wisse genau, warum ich mich hier zu Gast befände. Ohne Umschweife erklärte er mir, dass ich eine Rechnung zu begleichen hätte. Worum es sich genau drehte, müsste ich besser wissen als er. Aber man würde mir irgendwann in der Nacht ein Fahrzeug geben und ich hätte den Auftrag, genanntes Fahrzeug nach Rio zu bringen. Fahrzeug und die dazugehörige Ladung. Letztere war wichtiger! Gelänge es mir, so hätte ich einen Teil meiner Schuld bezahlt. Und wenn nicht? Dann hätte ich eben Pech gehabt. Ich ließ nicht locker, wollte wissen, was es bedeutete, Pech gehabt zu haben. »Dann wirst du wohl deinen Arsch für ein paar Jahre hinhalten müssen«, verriet er mir mit einem hämischen Grinsen. Nach einer kurzen Pause, die er sichtlich amüsant fand, meinte er: »Weißt du, die Jungs, die da in den Gefängnissen sitzen, haben nicht alle das Geld und vor allen Dingen die Macht, um sich irgendwelche Mädchen in die Zelle zu holen.« Aha, so sah das also aus. Oh, wäre ich doch auf das Angebot des Honorarkonsuls in Blumenau eingegangen und nach Montevideo geflogen! Das waren ja keine berauschenden Aussichten, die mir die Zukunft bot. Man hörte ja immer wieder über die Zustände in den Gefängnissen des Landes. Hoffnungslos überfüllt waren die Zuchthäuser, ebenso waren die hygienischen Zustände unzureichend. Die Zellenbelegung war dreimal so hoch, als Platz darin war. So musste ein Drittel der Inhaftierten stehen, das nächste Drittel saß, und das letzte Drittel lag auf dem Boden und schlief. Alle paar Stunden war dann Schichtwechsel. Die, die geschlafen hatten, mussten stehen. Die, die gestanden hatten, durften sitzen, und die Sträflinge, die gesessen hatten, durften liegen. Wenn es zu einer weiteren Überbelegung kam, wurde gelost. Der, den das Los traf, war seines Lebens nicht mehr sicher. Er konnte sich wachhalten, doch irgendwann übermannte ihn letztendlich dann doch der Schlaf, und aus diesem erwachte er dann nicht mehr. Oder aber es kam zur Revolte, die dann von den eingesetzten Schocktruppen blutig niedergeschlagen wurde. Bei diesen Schocktruppen handelte es sich um Beamte, die vermummt und gesichert durch eine Schutzausrüstung schlagstockschwingend jeden vor ihnen auftauchenden Gefangenen niederknüppelten. Für die reichen und studierten Verbrecher gab es gesonderte Zuchthäuser. Man sagt zwar, es handle sich nicht um eine Diskriminierung, dies geschehe, um die einfachen Sträflinge vor der Einflussnahme der privilegierten Insassen zu schützen. Dies ist lachhaft. Wer das glaubt, der glaubt auch an den Weihnachtsmann. In Wirklichkeit handelte es sich bei diesen Verbrechern um VIPs. Für sie war der Gefängnisaufenthalt wie Urlaub in einem Fünfsternehotel. Ich war kein Akademiker, aber auch nicht vermögend. Daher kam so eine Unterkunft für mich nicht in Frage. Nun war ich ja nicht aus Deutschland hierhergekommen, um in einem verwanzten Loch zu krepieren. Daher wollte ich es nicht darauf ankommen lassen. Das war ein verdammt krummes Ding, das da auf mich wartete. Es war mir jetzt schon mulmig ums Herz herum. Aber hatte ich denn eine Wahl? Dieser feine Pinkel, dieser Eduardo, war bereits auf und davon. Bei ihm hätte ich die Möglichkeit gehabt, den bevorstehenden Auftrag abzulehnen. Was wäre, wenn ich die mir gestellte Fahrt jetzt ablehnen sollte? Kaum hätte dies einen Freudenschrei ausgelöst. Nein! Ganz im Gegenteil. Ach, Scheiße! Jetzt war es wohl ohnehin zu spät. Ich wollte nur noch Klarheit haben, worum es bei dem bevorstehenden Einsatz ging. Was für ein Auto sollte es denn sein? Welche Ladung war auf dem Fahrzeug? Warum war dieser Auftrag so gefährlich? Mir war schon klar, dass es sich hier um etwas Illegales handelte, doch wäre mir schon lieb gewesen zu wissen, wofür ich meinen Arsch hinhalten sollte. Hatte er zuvor bereitwillig Auskunft gegeben und über alles geplaudert, so war es jetzt, als sei er von einer Minute zur anderen sprachlos geworden. Ricardo hatte sich offenbar zu weit aus dem Fenster gelehnt, und ihm wurde klar, dass er mir im Eifer des Gefechtes schon mehr erzählt hatte, als er eigentlich wollte oder gar durfte. »Was du wissen musst, wirst du beizeiten erfahren.« Das war es also. Dann wurde die Unterhaltung einsilbig. Darüber hinaus war ich auch recht müde geworden. Ein Blick auf meine Armbanduhr verriet mir, dass es mittlerweile schon später Nachmittag geworden war. Ricardo schien ebenfalls müde geworden zu sein. Laut gähnte er, ohne die Hand vor den Mund zu halten, und ich wurde, ohne es zu wollen, davon angesteckt. Es schien ihm gerade recht zu sein, denn so hatte er einen triftigen Grund, die Unterhaltung mit mir zu beenden. »Ich glaube, du nimmst das Segelzeug und legst dich zum Schlafen darauf. Es ist besser, wenn du ausgeruht an die Sache gehst.« Er half mir, das schwere Segeltuch zu falten und es auf den Boden zu legen, dort in die Ecke, wo zuvor die Kiste gestanden hatte. War zwar nicht sonderlich bequem, doch immer noch besser, als auf dem blanken Boden zu liegen. »Wenn du auf die Toilette musst, die befindet sich draußen auf dem Gang, rechts die erste Tür«, dabei deutete Ricardo mit dem Daumen über die Schulter, in die Richtung, in der sich hinter der Wand besagtes Örtchen befinden sollte. »Die anderen Türen sind für dich tabu!« Er verließ den Raum, nachdem ich mich hingelegt hatte, und schaltete im

Hinausgehen das Licht aus. »Du wartest hier und gehst mir nur hier raus, um auf die Toilette zu gehen«, mit scharfem Ton setzte er ein kurzes »Verstanden?« hinzu, ohne jedoch eine Antwort abzuwarten. Die Tür fiel hinter ihm ins Schloss und ich in einen tiefen, traumlosen Schlaf. Wie lange ich am Ende geschlafen hatte, konnte ich auf Anhieb nicht sagen. War ja auch egal. Ricardo war in den Raum gekommen, packte mich an der Schulter und rüttelte mich wach. »Auf, Alemao!« Erschrocken fuhr ich in die Höhe. Mit zusammengepressten Augen schaute ich mich vom Licht geblendet um. »O que e?«, fragte ich und rieb mir dabei meine verschlafenen Augen? »Calma!« Ricardos Stimme drang beruhigend an mein Ohr. »Ruhig!« »Wo bin ich?«, wollte ich wissen. Auf meine Frage bekam ich keine Antwort. Verwundert schaute ich mich in dem kleinen Raum um, in dem wir uns befanden, dann kamen die Erinnerungen zurück. Schon nach einigen Sekunden wurde mir also klar, wo ich mich befand. Lieber wäre ich in meinem Bett zu mir gekommen und hätte festgestellt, dass es sich nur um einen Traum handelte. Er, Ricardo, wartete geduldig, bis ich richtig zu mir gekommen war. Es dauerte ein wenig. Verschlafen rieb ich mir die Augen. Sobald ich mich dann vom Boden erhoben hatte und vor ihm stand, eröffnete er mir, dass es so weit sei. Jetzt würde die Sache ernst werden. Ich schaute auf meine Armbanduhr und sah, dass ich mehr als sechs Stunden auf dem harten Segeltuch gelegen und wohl tief geschlafen hatte. Draußen vor der Tür stehe ein Kleinlastwagen, den ich nach Rio fahren und dort an der Favela mit dem Namen Rocinha abstellen solle, verkündete er mir. Gegenüber dem

Eingang dieses Viertels, fuhr er fort. Dort befand sich ein Fußballplatz. Genau dort das Fahrzeug abstellen, lautete der Auftrag, den Zündschlüssel stecken lassen und an der dortigen Haltestelle den Bus Richtung Innenstadt nehmen. Ich sollte mich nicht lange dort aufhalten, um nicht zu viel Aufmerksamkeit bei irgendwelchen Leuten zu erregen, die in die Sache nicht eingeweiht waren. Am Busbahnhof dann den Überlandbus zurück nach Florianopolis besteigen. Wenn ich in Florianopolis angekommen wäre, hätte ich meinen Arsch gerettet, lachte er laut auf. War wohl so ein portugiesischer Witz, bei dem man die Zuhörer zum Lachen brachte, indem man sie mit der Stahlbürste kitzelte. »Blödmann!«, brummte ich ungehalten. Er wurde wieder ernst, als er merkte, dass ich über seine Bemerkung nicht lachen konnte. Ricardo übergab mir einen Zettel, auf dem alles stand, was für mich von Wichtigkeit war, um an besagten Ort zu kommen. Er gab mir ein Stück Papier und einen Bleistift und forderte mich auf, die Anweisungen zu kopieren. Jede diesbezügliche Frage unterbindend entgegnete er: »Aufschreiben und nicht lange fragen!« Also kritzelte ich alle Angaben auf den mir gereichten Zettel. Alles war bis ins kleinste Detail aufgeführt. Genaue Reiseroute mit Uhrzeitangabe, wann und wo ich jeden einzelnen Punkt passieren musste. Überall an den Staats- oder Stadtgrenzen gab es Kontrollen durch die Verkehrspolizei. Mit anderen Worten waren zu den angegebenen Zeiten dort an allen Kontrollstellen bestochene Beamte im Dienst. Das war ja ein Ding! Unglaublich! Da steckte etwas Größeres drin, sagte ich mir. Das Schlimme an der ganzen Sache war, dass ich in dem Fall die Hauptperson spielte. Am besten, so sagte ich mir, war es, gar nicht daran zu denken, was alles geschehen konnte. Damit wendete ich meine Aufmerksamkeit wieder auf den mir von Ricardo übergebenen Zettel. Der Zeitplan war so eng bemessen, dass mir so gut wie keine Pause eingeräumt worden war. Von hier bis Rio waren es an die zweitausend Kilometer. Und das nun sollte ich nonstop bewältigen. Pinkelpausen oder Tankstopp, daran hatte der, der den Zeitplan aufstellte, nicht gedacht. Auf meinen Einwand diesbezüglich meinte Ricardo: »Du kannst dich ja gleich fürs Carandiru an der Pforte melden.« Ich solle mich nicht so anstellen und eben zwischen den einzelnen Kontrollpunkten die Zeit herausholen, indem ich das Gaspedal durchs Bodenblech trete, meinte er trocken. Er schaute mir zu, wie ich auf meinem Zettel herumkritzelte. Das Original nahm er wieder an sich, nachdem ich es kopiert hatte. Gleich war mir auch klar, warum dieser Zirkus. Keine Spur sollte hierher zurück führen. Auch nicht die Handschrift auf dem Notizzettel. Also handelte es sich nicht um eine Erholungsreise, auf die ich mich da einließ. Hoffentlich ging alles gut. Ich musste positiv denken. Es blieb mir ja nichts anderes übrig. Angesichts meiner Spielschulden musste ich in den mir gereichten sauren Apfel beißen. »So«, meinte Ricardo, nachdem er den kleinen Zettel in den Aschenbecher gelegt hatte, der vorne im ersten Regal stand. »Du hast jetzt genau fünfundvierzig Minuten noch; wenn das Telefon dort«, dabei deutete er auf den schwarzen Apparat, der auf dem Tisch stand, »drei Mal klingelt, machst du dich auf den Weg.« Er ging hinaus und kam gleich darauf wieder in den Raum zurück, mit einer großen

Tasse schwarzen, sehr süßen Kaffees und zwei belegten Brötchen. Während ich frühstückte, verbrannte Ricardo das im Aschenbecher befindliche Papier. Weil ich glaubte, nicht viel Zeit zur Verfügung zu haben, schlang ich die beiden Brötchen eilig hinunter. Nachdem ich gegessen und getrunken hatte, drückte er mir einen Plastiksack und ein Kuvert in die Hand. Ich nutzte noch die verbleibende Zeit und ging auf die Toilette. Ricardo hatte es mir angesichts der eng bemessenen Zeit wärmstens ans Herz gelegt. Ich sollte meine Blase und meinen Darm noch einmal entleeren. Anschließend schaute ich mir den Inhalt des Plastikbeutels genauer an. Er enthielt mehrere belegte Brötchen, Bananen, Orangen und eine große Flasche Coca-Cola als Reiseproviant. In dem Kuvert lagen mehrere Cruzeiros und eine Busfahrkarte von Rio nach Florianopolis. Das Geld war wohl zum Betanken des Fahrzeuges gedacht. Für mich selbst war so gut wie kein Geld vorgesehen. Mehrere Tage hindurch musste ich mit dem mitgeführten Reiseproviant auskommen. Wieder ging Ricardo hinaus, kam aber gleich in den Raum zurück. Es lag eine gewisse Anspannung in dem Raum. Er hatte die Fahrzeugschlüssel und die dazugehörigen Papiere geholt, die er mir jetzt übergab. »Viel Glück«, wünschte er mir, nachdem er mir noch den einen oder anderen Hinweis gegeben hatte. Kaum dass er Luft holte, klingelte auch schon das Telefon da auf dem Tisch. Genau dreimal, dann verstummte es auch schon wieder. »Auf«, trieb mich Ricardo zur Eile an, schob mich zur Tür hinaus und durch eine gegenüberliegende Tür in eine große Werkshalle, in der unter anderem mehrere Fahrzeuge standen. Bis auf zwei PKWs handelte es sich bei den anderen Fahrzeugen ausschließlich um Lastkraftwagen. Ich hatte den Eindruck, als handelte es sich hier um ein Transportunternehmen. Mehrere Männer waren damit beschäftigt, diese Fahrzeuge zu beladen. Dabei vermieden die Männer, allzu viel Lärm zu machen. Ricardo führte mich zu einem hoch beladenen Pick-up im hinteren Bereich des Raumes. Ein Ford Diesel 1000. An der Fahrertür bemerkte ich eine leichte Delle. Während ich das Fahrzeug startklar machte, öffnete er das große Rolltor. Ungeduldig winkte er mir zu, mich zu beeilen und Fahrt aufzunehmen.

Der geheime Transport

Als ich an ihm vorbei aus der Halle auf die davorliegende Straße fuhr, tippte er sich zum Gruß an die Stirn. Im Außenspiegel sah ich, wie sich das Tor hinter mir wieder schloss. Sehr schnell für meinen Geschmack. So als wolle man nicht, dass ein paar neugierige Augen davon Kenntnis nahmen. Der Diesel röhrte laut durch die nächtlichen Straßen des verschlafen daliegenden Dorfes. Wohl niemand in Espinha da Rosa nahm Anteil an meiner Schicksalsfahrt hinauf nach Rio. Das war stark anzunehmen, denn in keinem der Häuser war um diese Stunde Licht zu sehen. Gleich nach Abfahrt passierte ich die Ortsgrenze und bog dann auf den Zubringer zur Bundesstraße ein. Die hellen Scheinwerfer bahnten mir den Weg durch die stockdunkle Nacht. Gespenstisch suchten sie den Weg durch das Dunkel. Ich musste das Fahrzeug mit Zwischengas fahren. Bei der Bundeswehr war es der Nato Ford und der MAN, der mit Zwischengas gefahren wurde. Seit dem Ende meiner Militärdienstzeit hatte ich nur synchronisierte Autos gefahren. Das war jetzt natürlich wieder eine große Umstellung. Doch nach ein paar Schaltvorgängen stellte das Fahren mit Doppelkuppeln und Zwischengas kein Problem mehr für mich dar. Eigentlich war ich überrascht, wie schnell ich mich hatte darauf einstellen können. Quer durch die Insel führte mein Weg, dann über die große Brücke aufs Festland hinüber. Bald, nach etwa zehn Kilometern schon, bog ich auf die Bundesstraße ein, die anfangs an der Küste entlanglief und dann durch das

Hinterland zur Grenze zwischen Santa Catarina und dem Nachbarstaat Parana führte, die ich nach etwa viereinhalb Stunden auch überquerte. Hier befand sich der erste Grenzkontrollposten. Barrikaden und im Asphalt eingelassene Fahrbahnerhöhungen zwangen mich, das Tempo zu drosseln. Ich hielt exakt die hier vorgeschriebene Höchstgeschwindigkeit von 30 km/h ein. Der dort im Gebäude hinter einer größeren Glasscheibe sitzende Beamte schaute recht gelangweilt zu mir herüber, ohne jedoch die geringste Lust zu bekunden, mich und mein Fahrzeug in genaueren Augenschein zu nehmen. Ob er einer von den Beamten war, die auf der Lohnliste da Costas standen? Vielleicht. Vielleicht auch nicht. Na ja, egal! Hauptsache, ich war nicht angehalten und durchsucht worden. Über die ganze Dauer der Fahrt zerbrach ich mir den Kopf, was ich wohl da hinten auf der Ladefläche des Pick-ups durch das Land transportierte. Wenn man, wie Ricardo gesagt hatte, dafür mehrere Jahre ins Gefängnis musste, dann konnte es sich hierbei nicht um ein Kavaliersdelikt handeln. Ich tippte auf Drogen oder Waffenschmuggel. Anderes kam mir im Augenblick nicht in den Sinn. Na, vielleicht ergab sich noch die Möglichkeit, einen Blick in die dort aufgestapelten Kisten zu werfen. Jetzt aber ging es mit flottem Tempo geradewegs auf die Hauptstadt von Parana, auf Curitiba, zu. Eine sehr saubere und moderne Stadt. Sie war im 19. Jahrhundert von Jesuiten gegründet worden und bereits eine Millionenstadt. Ich kam dort mit den ersten Sonnenstrahlen des neuen Tages an. Fuhr durch einige gepflegte Vororte und bog dann in eine Umgehungsstraße ein, die um den Stadtkern herumführte.

Bald schon würde der Morgenverkehr einsetzen und ich wollte mich diesem nicht aussetzen. Das hätte nur mein Vorwärtskommen in Frage gestellt. Also verzichtete ich auf die so viel gepriesene Schönheit dieser Stadt und fuhr drum herum. Auch hier musste ich einen Kontrollposten der Policia Rodoviaria passieren. Aber auch hier machte keiner der anwesenden Beamten irgendwelche Anstalten, mich oder mein Fahrzeug zu kontrollieren. Normalerweise waren die Grenzposten scharf auf die Steuererklärungen für die von einem in das andere Bundesland zirkulierenden Waren. Aber heute waren sie es mal nicht. Das lief ja besser, als ich gedacht hatte. Gegen Mittag überquerte ich die Staatsgrenze von Parana und Sao Paulo. Genau zu der angegebenen Uhrzeit. Keine Minute zu früh, aber auch keine Minute zu spät. Ein Grenzer stand vor dem Gebäude, und als ich näher kam, trat er auf die Fahrbahn hinaus, dabei winkte er mich heran. »Scheiße!«, zischte ich und sah mich schon im Carandiru für Jahre verschwinden. Carandiru, hinter diesem Namen versteckte sich das berüchtigtste und gefährlichste Gefängnis von Sao Paulo. Es verging keine Woche, in dem es nicht zur Revolte unter den Insassen dort kam. Immer und immer wieder waren dabei Tote zu beklagen. Zum Glück war ich kein Kinderschänder oder Homosexueller. Mit diesen wurde kurzer Prozess gemacht. Da stiegen alle in der Zelle nacheinander drüber, und wenn alle befriedigt waren, wurde dem Besagten die Kehle durchgeschnitten oder dem Kinderschänder die Eier mit dem ganzen Sack. Zum Abschluss dann steckten sie dem verblutenden Kerl noch den eigenen Schwanz in den Mund. Eine reelle Chance zu überleben hatte höchstens ein Schwuler, wenn er gut blasen konnte. Wenn er dem Zellenboss auch noch den Arsch hinhielt. Zu jeder Zeit! Ob Tag oder Nacht. Die Gefangenen hatten ihre eigenen Regeln und Gesetze. Diese blöde Angst! Meine Hände, die krampfhaft das Lenkrad umschlossen, schwitzten. Ich musste ruhig bleiben! Warum die Pferde jetzt schon scheu machen? Vielleicht handelte es sich bei dem Grenzer hier nur um einen, der sich beobachtet fühlte und daher nur so tat, als würde er seinen Dienst ordentlich versehen. Ich trat also auf die Bremse und ließ das Fahrzeug ausrollen, so dass es in Höhe des Beamten zum Stehen kam. Ich machte ein freundliches Gesicht und drehte die Seitenscheibe herunter. Die warme Außenluft schlug mir entgegen. »Die Papiere bitte«, forderte der Uniformierte mit ernster Miene. Er blätterte zuerst die Fahrzeug-, dann die Ladepapiere und zum Schluss die Steuererklärung durch. Ein, dann zwei Mal, so als suche er etwas zwischen den Papieren. Es sah aus, als wolle er mir Schwierigkeiten machen. Ich hatte es untrüglich im Gefühl. Seine Augen glitten von den Papieren zur Ladefläche hin, dann wieder auf die beigefügte Steuererklärung. War es wohl gewohnt, immer ein paar Scheinchen zwischen den Papieren der anderen vorzufinden. Dieses Mal hatte er wohl Pech gehabt. Bei mir gab es nichts zu holen.

»Hei, Fernando, ist was mit dem nicht in Ordnung?«, wollte nun ein anderer Grenzer wissen, der eben gerade im Türrahmen des Dienstgebäudes erschienen war. Der dort hatte drei Winkel auf dem Ärmel und der hier nur einen. Also war der dort an der Tür dessen Vorgesetzter. »Nein, nein!«, wiederholte der Angesprochene mit dem

Namen Fernando und reichte mir die Papiere ins Fahrzeuginnere. »Fahr weiter!«, zischte er. Seine Stimme hatte einen recht verärgerten, bösen Klang. War wohl sauer, weil er kein Kaffeegeld vorgefunden hatte. Bevor er es sich anders überlegen konnte, gab ich Gas und fuhr davon. Also dieser hatte nicht auf der Lohnliste vom Herrn da Costa gestanden. Das war so klar wie Kloßbrühe. Dafür war ich mir aber sicher, dass der mit den drei Winkeln wohl auf dieser Lohnliste stand. Dieser Fernando hätte mir die Ladung auseinandergenommen und dort gefunden, was mich für Jahre hinter Gitter gebracht hätte. Nachdem ich den Polizeiposten passiert hatte, fuhr ich die nächste Tank- und Raststelle an. Ich befand mich bereits im Reservebereich. Ohne Sprit auf einer Überlandstraße Brasiliens, das war nicht gerade ein Spaß. Kam man mit dem gefüllten Reservekanister von der Tankstelle zurück, war das halbe Fahrzeug samt Ladung verschwunden. Ein Fahrzeug ohne Reifen, ohne Räder, aber mit vollem Tank bewegte sich ebenso wenig vom Fleck weg. So nutzte ich die Gelegenheit, tankte das Fahrzeug voll und bezahlte mit einem Teil des Geldes, das mir Ricardo in dem Kuvert übergeben hatte. Schnell zur Toilette, dann einen Cafezinho, und schon ging es weiter. Nach dem Zeitplan, der mir vorgegeben war, blieb für eine längere Rast keine Zeit. Wenn ich dann noch einen Blick in die Ladung werfen wollte, musste ich mich unbedingt ranhalten. Meiner Berechnung nach müsste ich das angegebene Ziel plus minus eine Stunde im Morgengrauen anfahren. Auf dem letzten Teil der Strecke wollte ich mich in der Ladung umsehen. Das Ganze hatte jedoch einen Haken, und der war, dass ich nicht über entsprechendes Werkzeug verfügte, um die Kistenbretter ein wenig anzulupfen. Zum Beispiel ein Stemmeisen und einen Hammer. Mit Letzterem musste ich die Kisten wieder verschließen. Vielleicht konnte ich mir entsprechendes Werkzeug an einer Tankstelle ausleihen. Sollte sich in den Kisten das befinden, was ich stark annahm, so ließ sich etwas davon abzweigen. Nur um den Lohn des Risikos ein wenig auszugleichen. Doch bei diesem Gedanken fing ich an zu schwitzen. Das war auf alle Fälle mit Blut zu bezahlen. Mit meinem eigenen! Ich vergaß diese Idee und fuhr weiter. Alles hätte wie am Schnürchen geklappt, wenn da nicht die Capitale von Sao Paulo und ihr total überlastetes Verkehrssystem gewesen wäre. Es war die vorhergehende Nacht zu einem länger anhaltenden Regenguss gekommen. Der Rio Tiete, der durch die Stadt floss, war wieder einmal über die Ufer getreten, und der gesamte Verkehr brach zusammen. Nichts ging mehr. Die Marginal do Rio Tiete war die Verbindungsstraße nach Rio de Janeiro. Jetzt musste ich schauen, wie ich um dieses Nadelöhr herumkam und dabei nicht allzu viel Zeit verlor. Ich war nicht der Einzige, der nach einer Möglichkeit suchte vorwärtszukommen. Tausende und Abertausende waren es. Kein Wunder also, wenn die Seitenstraßen ebenfalls hoffnungslos verstopft waren. Aber man kam voran. Zähflüssig! Zähflüssig ist aber auch flüssig. Nach drei Stunden hatte ich das Nadelöhr endlich umfahren. In drei Stunden eine Strecke bewältigt, zu der man sonst um diese Tageszeit etwa fünfundvierzig Minuten braucht. Bei dieser Fahrweise war mein Spritverbrauch entsprechend gestiegen und damit fraglich, ob ich mit der restlichen Tankfüllung das Endziel erreichen würde oder ob ich noch nachtanken müsste. So viel Geld war hierfür nicht vorgesehen worden. Da hatte sich der Herr da Costa nicht von seiner besseren Seite gezeigt. Hätte ruhig etwas großzügiger sein können. Ich gab Gas, um die verlorene Zeit wieder so gut wie eben möglich einzuholen. Es war schon wieder stockdunkle Nacht, als ich die Grenzstation von Sao Paulo in den Staat Rio de Janeiro überfuhr. Es war niemand zu sehen. Wie ausgestorben lag der Posten da. Nur ein spärlicher Lichtschein fiel durch das der Straße zugewandte Fenster. Dann ging es zuerst die Serpentinen hinauf und Richtung Rio durch das Itatiaiagebirge wieder hinab. Mein Diesel spulte einen Kilometer nach dem anderen ab, ohne zu murren. Das Ziel lag im Süden von Rio, genauer gesagt in Sao Conrado. Genau vor dem Tunnel Dois Irmaos, rechts davor sollte ich dann das Fahrzeug einfach abstellen. Abstellen und mit dem dort haltenden Linienbus zum Busbahnhof fahren, der dort in der Hafengegend lag, vor der Auffahrt der Brücke, die nach Niteroi führt. Es wäre doch interessant zu wissen, was dann mit dem am Straßenrand geparkten herrenlosen Pick-up geschehen sollte. Ich legte noch einen Stopp ein, um noch zwanzig Liter Diesel zu tanken, da die Tanknadel gefährlich nah an die Reserve kam. Da ich schon einmal dabei war, schaute ich zugleich nach dem Kühler. Zwischen Betanken und Kühlerwasser-Auffüllen ging ich um das Fahrzeug herum, deckte die Plane ein wenig ab und zur Seite. Ich blickte um mich herum, ob mich jemand bei meinem Tun beobachtete, konnte aber außer dem Mann an der Zapfsäule niemanden sehen. Auf allen Kisten befanden sich mit schwarzer Farbe aufgemalte Buchstaben und Zahlenkombinationen. Diese wiederholten sich auch auf den mitgeführten Papieren. Was mir jedoch besonders ins Auge fiel und meine Neugierde fesselte, war die unterste Kiste, die einem Sarg glich, ihrer Ausmaße wegen. Wie die anderen Behältnisse war sie aus normalen Kistenbrettern zusammengezimmert, besaß jedoch keinerlei Beschriftung. Mit den Ladepapieren verglichen, tauchte sie auch darin nicht auf. »Komisch!« Was mochte da wohl drin sein? Ich versuchte in Ermangelung einer Taschenlampe mit dem Feuerzeug die Spalten zwischen den Brettern auszuleuchten, da die Tankstellenleuchten zu sehr im Winde hin- und herschaukelten. Aber der Inhalt blieb mir trotz aller Versuche verborgen. Der Lichtschein war einfach nicht stark genug, um meine Neugierde zu befriedigen. Wie ich jetzt sah, waren die Bretter zudem nicht genagelt, sondern geschraubt und obendrein auch noch versiegelt. Da war nichts mit Aufhebeln, das konnte ich vergessen. Schade! Zu gerne hätte ich meine Neugierde befriedigt und hätte das Geheimnis um den Inhalt gelüftet. Auch der Tankwart war neugierig geworden und schaute mir bei meinem Tun zu, dabei hätte er um ein Haar den Treibstoff überlaufen lassen. »Brauchen Sie ein Brecheisen?«, wollte er wissen. »Nein danke!« Meine Stimme klang rau und unfreundlich, als ich auf seine Frage antwortete. Enttäuscht ging der Mann zum Büro rüber. Ich verfolgte ihn mit meinem Blick und war etwas erbost darüber, dass sich dieser Kerl so frech aufdrängte. Elender Mistkerl! Nicht nur ich, auch er hätte wohl gerne den Kisteninhalt begutachtet. Nachdem ich die Plane wieder über die Ladung gezogen, verzurrt und Wasser in den mittlerweile abgekühlten Kühler gegossen hatte, fuhr ich dem Ende meiner Reise entgegen. Nach einer guten Stunde kam ich an meinem Zielpunkt an. Als ich wie angewiesen das Fahrzeug auf dem Seitenstreifen vor dem Tunnel abstellte, hatte ich das Gefühl, als ob mich trotz der frühen Morgenstunde Tausende von wachsamen Augen dabei beobachteten. Wenn nicht Tausende, doch ganz bestimmt das eine oder andere Paar. Darüber war ich mir klar. In diesen Stadtvierteln gab es immer jemanden, der des Nachts nicht schlief. Eine Handvoll Schlaf weniger konnte der Garant sein für ein sicheres Überleben. Als ich den Zündschlüssel herumdrehte und der Motor zum Stillstand kam, wurde es augenblicklich gespenstisch still. Nur das Bellen einiger Hunde durchdrang die Nacht. Auf der gegenüberliegenden Straßenseite fing die Rocinha an und zog sich dann flächendeckend den ganzen, hochaufragenden Hügel hinauf. Eine Hütte, ein Häuschen neben dem anderen. Dazwischen kleine Gassen oder Treppenaufgänge. Diese Rocinha sah aus wie ein überdimensionaler schlafender Ameisenhaufen. Man stelle sich diesen am Tage vor. Nicht zu fassen, wenn all die Bewohner dort ihrem Alltag nachgehen. Für mich einfach unvorstellbar. Daher schüttelte ich diese Gedanken von mir und wandte mich dem Ende meiner Aufgabe zu. Ich hatte alle Papiere ins Handschuhfach gelegt, die Lichter gelöscht, den Zündschlüssel stecken lassen und war mit meinen paar Habseligkeiten zur Bushaltestelle gegangen. In Gedanken ging ich noch einmal die mir aufgetragenen Punkte durch. Ich hatte alles getan, wie mir befohlen worden war. Anhand des dort befindlichen Zeitplanes war zu lesen, dass der entsprechende Bus nicht lange auf sich warten ließe. Einige Minuten nur. Also auch dies hatten sie genau berechnet. Welches Glück ich doch hatte. An und für sich verkehrten die Busse Tag und Nacht. Zu den Stoßzeiten natürlich häufiger. Jetzt um diese Uhrzeit verkehrten weniger Fahrzeuge. Aber keine Stunde würde es mehr dauern und die Straßen wimmelten nur so von ihnen. Es mag unglaubwürdig klingen, aber die in Rio verkehrenden Linienbusse sind mit ganz wenigen Ausnahmen recht pünktlich. So war das auch in meinem Falle. Etwas mehr als eine Zigarettenlänge und er hielt vor mir. Nur wenige Passagiere befanden sich zu diesem Zeitpunkt im Fahrzeug. Er kam von der in der Nähe gelegenen Endhaltestelle am Hotel National. Nur zwei Haltestellen entfernt. Als ich dann den besagten Bus zur Rodoviaria nahm und mich auf einen freien Platz zwängte, warf ich im Vorüberfahren noch einen letzten Blick auf den dort einsam und verlassen dastehenden Pick-up, dessen geheime Ladung ich nicht lüften konnte.

Rückfahrt nach Florianopolis

Ich hatte es geschafft und war immens erleichtert! Es war, als fiele mir ein tonnenschwerer Stein vom Herzen. Der Gedanke daran, Jahre im Gefängnis zu sitzen beziehungsweise zu stehen, hatte mich die letzten zwei Nächte und den ganzen dazwischenliegenden Tag über verfolgt. Jetzt konnte ich es mir gemütlich machen. Je weiter ich mich von dem am Straßenrand abgestellten Pick-up entfernte, desto sicherer und erleichterter fühlte ich mich. Der Busfahrer schien es außerdem recht eilig zu haben, so wie der fuhr. War ja auch keinerlei Verkehr auf den Straßen. In den Kurven schleifte die Karosserie auf den Reifen und das Fahrzeug drohte zu kippen. Das rasante Tempo war gefährlich, doch brachte es mich schneller an mein Ziel. Bei dieser halsbrecherischen Fahrweise dürfte es auch nicht lange dauern, bis ich an der Rodoviaria Novo Rio ankäme. Zu dieser Nachtstunde waren nur wenige Passagiere zugestiegen. Daher befanden sich unter den wenigen Passagieren so gut wie nur Hotel- und Restaurantangestellte auf dem Heimweg, die nach einer langen Arbeitsnacht die Fahrt zum Dösen nutzten. Auch ich hatte die Füße ausgestreckt und schloss die übernächtigten Augen. Die Angst, mein Ziel, den Busbahnhof, zu verpassen, ließ mich jedoch nicht richtig zur Ruhe kommen. Immer und immer wieder riss ich meinen vor Müdigkeit auf die Brust fallenden Kopf in die Höhe. Mit halbgeschlossenen Lidern schaute ich auf die am Seitenfenster des Busses vorbeihuschende Stadtlandschaft. Kurz darauf fiel mir der übermüdete Kopf wieder herunter. Daher kommt wohl der Begriff »ein ‚Nickerle' machen«. Nach gut einer Stunde dann war es so weit. Wir waren angekommen! Ich kletterte vor dem Gebäude aus dem Gefährt, das mich bis hierher gebracht hatte, und betrat die riesige Empfangshalle, in der sich Läden, Reisebüros und Restaurants auf zwei Stockwerken aneinanderreihten. Die meisten dieser Einrichtungen waren jedoch um diese frühe Zeit noch geschlossen. Nach einer weiteren Stunde saß ich endlich im Bus des Reiseunternehmens Pluma Richtung Sao Paulo, meinem ersten Etappenziel. Das Unternehmen Pluma fuhr mit Greyhoundbussen, wie sie in den USA üblich sind. Sehr bequem, diese lederbezogenen Sitze. Das versprach eine gemütliche Fahrt zu werden. Der Bus war noch nicht richtig in Fahrt gekommen, da ließ ich mich in einen tiefen, wohlverdienten Schlaf fallen. Siebeneinhalb Stunden später kamen wir dort in der Mitte der Stadt an. Eineinhalb Stunden später schon saß ich im Überlandbus nach Curitiba, jetzt sichtlich frischer als noch bei der Abfahrt aus Rio. In meiner Tasche befanden sich zu meiner Überraschung noch ein paar Cruzeiros, die ich beim nächsten Stopp in der Nähe der Staatsgrenze ausgab. Ich ließ mir ein übergroßes Steak inklusive Beilagen servieren, das ich mit Heißhunger verschlang. Saftig war es zubereitet. Fleisch auf dem Grill, da waren die »Sulistas« in der Zubereitung einfach meisterhaft. Oh, das hatte gutgetan! So schien mir die Welt schon wesentlich freundlicher. Das Steak war schön saftig und daher mehr als lecker. Ja, wir im Süden dieses Landes liebten Rindersteaks vom Grill. Unser Nationalessen! Je größer, umso besser! Zum Abschluss einen Kaffee und ich war wiederhergestellt. In Curitiba musste ich dann noch einmal umsteigen und den Überlandbus wechseln, der mich an den Ausgangspunkt meiner Reise brachte. Erschöpft kam ich am nächsten Vormittag nach Hause. Froh war ich, dass ich niemandem, auch nicht meiner Zimmerwirtin begegnete. Ohne Zähneputzen lag ich keine zehn Minuten später im Bett, sah und hörte nichts mehr von dieser Welt. Ich musste mich erholen. Ich wollte nichts mehr als meine Ruhe. Die Angst und die daraus resultierende Anspannung hatten mich schachmatt gesetzt. Hätte ich nur im Traume daran gedacht, was sich zu dieser Stunde in Rio, dort an der Rocinha, abspielte, ich hätte kein Auge zugemacht. Zwei Tage später erst meldete ich mich im Büro von Herrn da Costa, der mich recht unfreundlich empfing und mir eine Tageszeitung aus Rio auf den Tisch warf. Nur ein mürrisches Gemurmel als Gruß. Irgendetwas hatte diesen Herrn auf die Palme gebracht. Das fing ja gut an! Mein Blick glitt zum Schreibtisch hinüber zu dem Blatt dort auf der Tischplatte.

Ein Toter

Es handelte sich um die Zeitung mit dem Namen Povao, das größte Tageblatt dort im Staat, die nun da vor mir auf dem Tisch lag. Es war die Tagesausgabe. Böse Zungen behaupten, dieses Blatt würde nicht mit Druckerschwärze, sondern mit dem Blut der vielen Todesopfer im Drogenkrieg geschrieben. »Da!« Das war sein ganzer Kommentar, als er mit dem Zeigefinger auf ein Foto und den dazugehörigen Artikel wies. »Oh Schreck, lass nach!«, murmelte ich vor mich hin, als ich auf dem Foto meinen Pick-up wiedererkannte. Im Hintergrund war auf dem Foto jedoch keine Rocinha zu sehen, sondern die Ansicht einer Straße in einem bürgerlichen Vorstadtmilieu. Was das zu bedeuten hatte, war mir nicht bewusst, daher las ich den dazugehörenden Bericht. Laut dieser Zeitungsnotiz hatte die Policia Militar in dem Vorort Vila da Penha besagtes, obendrein auch noch als gestohlen gemeldetes Fahrzeug gefunden, auf dessen Ladefläche nur eine Kiste stand, in der eine männliche Leiche lag. Zwei Tage hatte das aus Porto Alegre stammende Fahrzeug mit seiner grausigen Ladung dort in der prallen Sonne gestanden. Anwohner hätten die Polizei verständigt, weil sie sich durch den bestialischen Leichengestank beeinträchtigt gefühlt hätten. Es sei noch unklar, um wen es sich bei der vorgefundenen Leiche handele und wer das Fahrzeug dort abgestellt hatte. Etwaige Zeugen sollten sich bei der dortigen Polizeidienststelle melden. So stand es in der Zeitung. Das war ja ein Ding, schoss es mir durch den Kopf. Ich hatte an alles gedacht, nur dass ich einen Toten durch das Land fahre, das wäre mir beim besten Willen nicht eingefallen. Ich las den gesamten Bericht ein zweites Mal und schaute mir das abgebildete Fahrzeug noch einmal, jetzt aber genauer an. Das Nummernschild war unkenntlich gemacht. Doch handelte es sich zweifellos um das von mir am Eingang des Tunnels Dois Irmaos abgestellte Fahrzeug. Ich erkannte das an der Beule an der Fahrertür und am Aufbau der Bordwände. »Wo zum Teufel hast du das Fahrzeug abgestellt?«, schnauzte mich ein Herr Sahir an, der wie von der Tarantel gestochen ins Zimmer gestürzt kam. Ich kannte diesen Typ. Er war mir schon früher des Öfteren im Kasino begegnet. Ich hatte ihn für einen stinkeinfachen Angestellten des Kasinos gehalten. Er saß immer wieder mal an der Kasse oder lieferte Jetons und frische Karten an die Spieltische. Verwundert schaute ich zu Herrn da Costa, der sich nicht an der ruppigen Art störte, mit der dieser Sahir, ohne anzuklopfen, in das Büro gestürmt kam. »Geben Sie Herrn Sahir Auskunft«, kam die Aufforderung aus dem Mund von Herrn da Costa. Also war dieser Sahir doch etwas mehr als gedacht. »Dort, wo mir aufgetragen war«, gab ich wahrheitsgetreu zur Antwort. »Wo genau?« »Vor dem Tunnel, gegenüber der Favela da Rocinha«, gab ich zur Antwort, die jedoch von beiden Männern bezweifelt wurde. »Gut, dass du kommst«, sagte da Costa zu dem jetzt in den Raum tretenden Mann, der mich nach Espinha da Rosa gebracht hatte. Dieser arrogante Pinsel, dieser Eduardo, der mich jetzt ganz verächtlich anschaute, so als wolle er sagen: »Hab`s mir doch gleich gedacht.« »Eduardo, sei so gut und hol mal drüben aus dem Aktenschrank den Stadtplan von Rio«, gab da Costa Anweisung an den gerade eingetretenen Mann. Schon im nächsten Atemzuge kehrte er mit der besagten Karte in der Hand ins Büro zurück. Als ich den genauen Punkt auf der Karte andeutete, standen alle drei um mich herum. Neugierig und gespannt beäugten sie den von mir angegebenen Punkt. »Hm«, machte Sahir und kratzte sich dabei am Hinterkopf. »Bist du dir da auch ganz sicher?«, wobei er mich mit durchdringendem Blick anschaute. »Natürlich«, entgegnete ich. Ich musste ihnen genau beschreiben, wo und wie ich das Fahrzeug abgestellt hatte. Ob mich jemand dabei beobachtet habe, wollte dieser Eduardo von mir wissen. »Mir war, als hätten die ganzen Bewohner ihre Augen auf mich gerichtet gehabt«, gab ich zur Antwort. »Das meine ich nicht, sondern hat Sie jemand vom Sportplatz oder aus dem Gebüsch heraus beobachtet?« Ich überlegte eine Weile, doch konnte ich mich nicht daran erinnern, jemanden dort gesehen zu haben. »Mal sehen, was uns die da in Rio melden«, meinte da Costa zu Herrn Sahir gewandt, die Stille im Raum unterbrechend. »Die sollen sich beeilen und nicht so lange herumtrödeln«, gab dieser zur Antwort. »Ich werde mich dranhängen«, versicherte Eduardo diensteifrig. »Elender Arschkriecher!«, dachte ich bei mir. Damit wurde ich entlassen, sollte mich aber unbedingt zur Verfügung halten. Auf die von mir gestellte abschließende Frage, ob ich einen Leichentransport durchgeführt hätte, bekam ich keine Antwort. Was mich aber nur neugieriger machte. Um zu sehen, was in der nächsten Ausgabe des Povao berichtet wurde, fuhr ich schon am frühen Morgen des nächsten Tages in die

Stadt und kaufte mir am Busbahnhof die Zeitung aus Rio. Es wurde berichtet, dass die aufgefundene Leiche männlichen Geschlechts, etwa achtzig Jahre alt gewesen sei und es sich um einen nordischen Typ handelte. Mehr habe die Polizei noch nicht bekannt gegeben. Die Leiche liege in der Gerichtsmedizinischen zur Obduktion. Doch wäre vor den nächsten zwei bis drei Tagen nicht mit einem Endergebnis zu rechnen. Dann, genau an dem von der Redaktion angekündigten Tag, als ich frühmorgens aus dem Hause ging, um mir das nächste Exemplar des Povao zu kaufen und die Geschichte mit der nordischen Leiche zu verfolgen, wurde ich vor dem Haus von diesem Eduardo abgepasst. Die schwarze, auf Hochglanz polierte Limousine war auf der anderen Seite am Straßenrand geparkt. Es handelte sich um einen protzigen Ford Landau. »Steigen Sie ein!« Aus seinem Mund hörte es sich wie ein Befehl an, dem ich unverzüglich zu folgen hatte. Seine ganze Art verriet mir, dass dieser Mensch schon einmal im Leben eine Uniform getragen hatte. Keine einfache, sondern eine mit viel Lametta auf den Schultern. Selten, dass ich einmal einem Offiziersdienstgrad begegnete, der nicht abhob. Na ja, es ist ja auch nicht leicht, jeden Tag ein siegreicher Held zu sein, wenn man die Waffe unter Verschluss im Stahlschrank halten musste oder aber es wie hier in Brasilien keinen Krieg gab, den man gewinnen musste. Folgsam, wie ich eben war, kam ich dem Befehl nach und stieg ein. Beim Einsteigen bemerkte ich einen dunklen Schatten, versunken in den dicken Polstern. Ich setzte mich in den hinteren Teil der Limousine zu dem Schatten. Wie ich beim Einsteigen bemerkt hatte, war ich also nicht allein, sondern teilte die Sitzpolster mit einem weiteren Herrn, der aussah, als handele es sich bei ihm um einen ehrwürdigen Universitätsprofessor. Der Mann wurde mir von Eduardo als ein Herr Jaime Schlorer vorgestellt. Während der ganzen Fahrt wurde ich von diesem Herrn nach Ausgang meines Auftrags befragt. Auch er wollte wissen, wo, wie und wann ich den Pick-up geparkt hätte. Er ließ sich von mir genau die Umgebung beschreiben. Ob jemand an der besagten Haltestelle ausgestiegen sei. Mir war niemand aufgefallen, gab ich zur Antwort. »Hätten Sie etwas dagegen, an einem Test teilzunehmen?«, wollte er zum Schluss von mir wissen. Als ich verneinte, nickte er nur mit dem Kopf, sagte: »Gut!« Das war alles, und wir fuhren weiter in Richtung Innenstadt, wo wir vor einem doppelstöckigen Hause kurz hielten. Es sah aus wie ein ganz normales Familienhaus. Es lag in einer ruhigen Villengegend. Auf der Straße herrschte wenig Verkehr. Die Außenwände des Gebäudes waren in heller Farbe gehalten. Seitlich des Eingangs hing ein Schild, das darauf hinwies, dass sich im Inneren eine Im- und Exportfirma befand. Das Auto fuhr nach kurzem Stopp durch ein hohes, aus Metall bestehendes Tor in einen mit Kieselsteinen bedeckten Hof. Vor einer fensterlosen Fassade kam es zum Stehen. Im hinteren Bereich des Anwesens konnte ich einen schlicht angelegten Garten ausmachen. Um mir jedoch einen besseren Überblick zu verschaffen, blieb mir keine Zeit, da mich beide Männer zur Eile drängten. Schon setzte sich dieser imposante Landau in Bewegung und fuhr davon, als Herr Schlorer, Eduardo und ich ausgestiegen waren und durch eine von innen geöffnete Tür traten. Jetzt standen wir zu dritt eingeengt in einer Art Schleuse. Eine Neonröhre erleuchtete den Raum, der mit dunklem Holz verkleidet war. Nur an einer Seite war ein etwa fünfzig auf fünfzig Zentimeter großes Spiegelglas in der Wand eingelassen. Daneben befand sich eine Gegensprechanlage. Herr Schlorer zog eine Art Ausweis aus der Tasche und hielt ihn gegen das Spiegelglas. Auch Eduardo zog einen Ausweis aus der Tasche, doch bevor er dazu kam, dass er diesen präsentierte, erklang ein Summton. Die vermeintliche Wand gegenüber der Eingangstür öffnete sich, und wir traten in das Innere des Gebäudes. Kahle weiße Wände empfingen uns, die nur von einer Reihe verschlossener Türen unterbrochen wurden. Kein Bild oder sonst etwas, was den Gang hätte freundlicher machen können, war zu sehen. Was mir jedoch besonders auffiel, war die lastende Stille. Eine Art Paternoster brachte uns in das Obergeschoß, wo wir durch einen breiten, wieder menschenleeren Gang hindurch und dann hinter einer der vielen Türen in einen Büroraum traten. Kein Schreibmaschinengeklapper oder Türschlagen, wie man sie sonst in einem Bürogebäude hört, war hier wahrzunehmen. Eine Grabesstille erfüllte das gesamte Haus. Gespenstisch! Als wären nur wir hier im Hause. Auch dieser jetzt von uns invadierte Raum war umgeben von kahlen, weißen Wänden. Die Eintönigkeit wurde aber von einem großen Fenster unterbrochen, dessen Ausblick die Sicht auf einen darunterliegenden, besonders gepflegten Garten freigab. Wohl der Garten, den ich beim Aussteigen aus dem Fahrzeug erblickt hatte. Zu der schlichten Einrichtung des Raumes zählte ein dunkler, schwerer Schreibtisch, dahinter ein bequemer Drehstuhl, davor zwei Ledersessel, ein flacher Aktenschrank, ein Kleiderständer und ein hölzerner Stuhl, der in der Ecke hinter der Tür stand. Ach ja, dann lag da noch ein dicker Teppich mit irgendwelchen Ornamenten, die mir nicht unbekannt waren, ich jedoch nicht gleich einem Schema zuordnen konnte. Erst als mein Blick hinüber zu dem Aktenschrank glitt, fiel mir eine kleine Standarte mit einer israelischen Flagge auf. Der Davidstern, der das weiß-blaue Tuch zierte, war ebenfalls als Ornament in dem Teppich verarbeitet. Während Herr Schlorer in dem drehbaren Bürosessel hinter besagtem Schreibtisch Platz nahm, machte er eine einladende Handbewegung, die wohl andeutete, dass ich mich setzen solle. Ich nahm Platz in dem mir am nächsten stehenden Sessel, während sich Eduardo seitlich auf die Schreibtischkante setzte und mir dabei seine Blicke zuwandte. Nachdem wir alle Platz genommen hatten, räusperte sich der alte Herr, wie man es gewöhnlich tat, wenn man etwas Wichtiges zu sagen hatte. Wie bei einer Tischrede. Zum Beispiel! »Herr Schreiber, Sie hatten von Herrn da Costa den Auftrag erhalten, eine Ladung Maschinenteile nach Rio zu bringen«, begann er. Ich schüttelte ungläubig meinen Kopf. Sollte das hier jetzt eine Märchenstunde werden? »Schöne Maschinenteile«, dachte ich bei mir, während ich seiner Erzählung folgte. Meine Reaktion ließ ihn für den Moment eines Augenaufschlags stocken. Doch dann fuhr er unbeeindruckt in seiner Rede fort. Ich wurde das Gefühl nicht los, man wolle mir etwas in die Schuhe schieben, und daher unterbrach ich die Quasselei des Herrn Schlorer. »Wenn es sich um Maschinenteile gehandelt hat, frage ich mich, warum wurden sie nicht

direkt an die Adresse des Abnehmers gebracht?« Nach
einer kurzen Verschnaufpause, in der ich meine beiden
Gesprächspartner nicht aus den Augen ließ, fuhr ich zu
sprechen fort. »Die jetzigen Probleme hätten sich nicht
ergeben, und überhaupt, woher sollte ich gewusst haben,
dass da zwischen den angeblichen Maschinenteilen ein
Sarg stand? Was hatte denn das zu bedeuten?«, wollte ich
abschließend von beiden wissen. »Also Maschinenteile
waren das nicht allein!«, begehrte ich auf. Hier war doch
etwas faul, ja oberfaul. Der Ältere schaute fragend zu
dem Jüngeren hin und sagte etwas in einer Sprache, die
ich nicht verstand. Während der Ältere sprach, schüttelte
der Jüngere energisch verneinend den Kopf. Zuerst
vehement, doch der sanfte Ton des Sprechers schien ihn
letztendlich zu überzeugen. Jetzt wiegte er sein Haupt,
und in der Gebärdensprache bewanderte Personen hätten keinerlei Problem gehabt, dem zu folgen. »Herr
Schreiber, wir sehen, es hat keinen Sinn, darüber zu diskutieren, wo und ob Sie einen Fehler gemacht haben.«
Einen Seitenblick zu Eduardo werfend, fuhr er in ruhi-
gem und sachlichem Ton fort: »Wir«, die Betonung lag
auf »wir«, »haben einen Fehler gemacht«, und dann griff
er unter den Schreibtisch in die Schublade und übergab
mir die Zeitungen aus Rio der letzten Tage. Unter diesen
Blättern befanden sich auch einige aus Nachbarstaaten.
Zum Teil waren die entsprechenden Artikel bereits aus-
geschnitten, andere farbig umrahmt. Ich las aufmerksam, was da geschrieben stand. Ich musste tief durchat-
men, denn mir blieb schier die Luft weg. Das war ja ein
Ding. Ohne es zu ahnen, war ich in eine unglaubliche
Geschichte verwickelt worden. Es handelte sich um eine

Entführung. Was da in den Zeitungen stand und ich noch nicht gewusst hatte, war, dass es sich bei dem Toten in der Kiste um einen Mann handelte, der gebürtig aus Dänemark gleich nach dem Krieg mit falscher Identität nach Brasilien eingewandert war und seit damals als erfolgreicher Geschäftsmann hier lebte. Bis zum Tag seiner Entführung hatte er in Rio Grande gelebt und in seinem Wohnort maßgeblich Anteil am wirtschaftlichen und kulturellen Aufstieg der Gemeinde gehabt. Er war ein angesehener Bürger gewesen, dem sehr hohe Auszeichnungen zuteilwurden. Auch soll er sehr religiös gewesen sein. Römisch-katholisch! Man habe in seinem Haus einen Pass gefunden, der ihn als einen Bürger des Vatikans ausgab. Ausgestellt war dieser damals gleich nach dem Zweiten Weltkrieg. Jetzt fielen mir wieder die Erzählungen meines Vaters ein. Dieses Geflecht von Kirche und diesen Verbrechern. Nach Recherchen, die sofort von einigen Verlagsmitarbeitern angestellt worden waren, handelte es sich bei dem Toten um einen ehemaligen Arzt eines KZs oder Gefangenenlagers in Norddeutschland. Nahe an der dänischen Grenze gelegen. Genaueres war jedoch noch nicht bekannt! Mehr dann in der nächsten Ausgabe. »Wenn Sie morgen früh die nächste Ausgabe des Povao oder des Estado lesen, werden Sie erfahren, was wir schon wissen. Dieser Anderson war Angehöriger der SS, und er sollte in Rio einigen Leuten übergeben werden, die ihn aus dem Land bringen wollten.« Es wurde für einen Augenblick recht still im Raum. Jetzt übernahm Eduardo das Wort. Auch er räusperte sich, bevor er zu reden anfing. Es war zu einem unerwarteten Zwischenfall gekommen, so sagte er. Die Leute, die die Übernahme hätten abwickeln sollen, waren gestört worden. Dadurch hatte sich die Übernahme des am Straßenrande abgestellten Fahrzeuges verzögert. Um diese Tage war es in der Rocinha zu einem vorübergehenden Einmarsch der Militärpolizei gekommen, die angeblich die Ordnung und Sicherheit der Bevölkerung wiederherstellte. Unter den Augen dieser hatte man die Übernahme des Fahrzeuges nicht vollziehen wollen. Dadurch blieb das abgestellte Fahrzeug einen Tag lang bei brütender Hitze ohne den geringsten Schutz dort stehen. Als die Polizei abzog und man das Fahrzeug übernehmen wollte, war es verschwunden. Ganz bestimmt hatte jemand den herrenlosen Pick-up gestohlen. Für die Leute in der Rocinha waren ausschließlich die anderen Kisten wichtig gewesen. Was jedoch in diesen anderen Kisten verborgen war, das wollte man jetzt nicht preisgeben. Dieser Anderson musste qualvoll in der Kiste ums Leben gekommen sein. »Nun, so hat er dafür mit dem gleichen Preis bezahlt wie seine vielen Opfer damals während der Zeit der Nazidiktatur«, beendete Herr Schlorer mit einem leichten Tonfall der Zufriedenheit den Bericht von Eduardo. »Ja«, wunderte ich mich jetzt nach Ende der Berichterstattung, »wenn Sie doch mit dem Tod dieses Mannes zufrieden sind, was wollen Sie dann noch?« Wieder schauten sich die beiden für einen Moment lang an, dann gab Eduardo eine weitere Erklärung ab. Man habe zwei Fliegen mit einer Klappe erschlagen wollen. Die Entführung war noch durch einen Waffentransport ergänzt worden und, ohne auch nur den geringsten Verdacht in mir hervorzurufen, bis kurz vor dem Zielpunkt von Angehörigen des Drogenkartells begleitet worden.

Niemand sollte wissen, wer die Entführung dieses Mannes durchgeführt hatte. Jawohl! Das war es also. Dann hatte ich auch an einem illegalen Waffentransport teilgenommen. Einer Entführung in erster Linie und gedeckt durch einen Waffenschmuggel. Nur der dreiste Diebstahl der Waffen, den wollte man jetzt nicht ungestraft hinnehmen. Auch die betrogenen Empfänger in Rio wollten dies nicht. Zuerst wollte man mir diesen Diebstahl in die Schuhe schieben. Wer das getan hatte, der musste jetzt mit dem Allerschlimmsten rechnen. Keine der beiden Parteien wollte auf dem Verlust sitzenbleiben. Deswegen musste ich mir keine grauen Haare wachsen lassen. Doch da blieb die andere Sache mit dieser Leiche in der Kiste. Niemand hatte von mir Notiz genommen, außer dem misstrauischen Grenzer, der zudem meinen Führerschein in der Hand gehabt hatte. Dann war da noch der Mann an der Tankstelle. Sonst niemand mehr. Das war beruhigend, doch nicht gut. Mit Sicherheit hatte der Grenzer meinen Namen im Gedächtnis behalten. Damit konnte man mir auf die Schliche kommen. Wer in der Lage war, zwei und zwei zusammenzuzählen, der kam dann auch auf die Hintermänner dieser Transaktion. Ich behielt die Geschichte mit den beiden Zeugen jedoch erst mal für mich. Warum die Pferde scheu machen? Mir war klar, ich konnte für diese Leute hier zu einem Problem werden. Obwohl, wenn mein Begleitschutz wirklich aufgepasst hatte, dann musste diesem die Kontrolle aufgefallen sein. Aber noch kurioser war die Tatsache, dass dieser Begleitschutz gesehen haben musste, wie ich das Fahrzeug abgestellt hatte. Dieser Grenzer allein, der war für mich eine Gefahr. Für diese Leute hier konnte ich aus diesem Grunde zum Sicherheitsrisiko werden. Jedoch konnten sie ihren Einfluss geltend machen. Zuerst gab es die Möglichkeit, mit einem bestimmten Betrag dafür zu sorgen, dass der Grenzer die Kontrolle vergaß. Sollte dieser Versuch scheitern, gab es noch die eine oder andere Alternative. Für die Bereinigung eines solchen Risikos ließ sich immer jemand finden, der mit seinem Schwanz in der Falle saß und sich dadurch freikaufte. Abwarten, was das mit dem Test auf sich hatte, dem ich noch unterzogen werden sollte. Herr Schlorer hatte, während ich die Zeitungsausschnitte las, zum Hörer auf seinem Tisch gegriffen und mit irgendjemandem am anderen Ende gesprochen. Mit einem zufriedenen Gesichtsausdruck legte er gleich darauf den Hörer wieder auf die Gabel zurück. Fünf Minuten später klingelte das Telefon, er nahm ab, sagte ein oder zwei Worte, legte den Hörer auf und bat mich mit ihm zu kommen. Wir gingen gemeinsam auf den Gang hinaus und am Ende des gleichen durch eine andere Tür hindurch in einen dahinterliegenden Raum. Dieser war bis unter die Zimmerdecke gekachelt. Glich einem Schlachthaus oder etwas Ähnlichem. Dort wurde ich von einem hageren Mann begrüßt, bei dem mir sein freundliches Wesen auffiel. Ich bekam von ihm einen Sitzplatz auf einer Art Krankenhausliege angeboten. Seine Stimme war dunkel und angenehm. Wir unterhielten uns über Belanglosigkeiten. Zwischendurch erhielt ich ein Gläschen mit einer klaren Flüssigkeit, mit der Aufforderung zu trinken. Noch ein paar Worte, dann war auch schon alles vorbei. Ich musste wohl eingeschlafen sein. »Wir bedanken uns bei Ihnen, es war ein sehr aufschlussreiches Gespräch, Herr Schreiber.« Als ich meine Augen öffnete, stand dieser Mann mit dem weißen Kittel vor mir. Er hatte eine Spritze in der Hand. Jetzt verstand ich gar nichts mehr. Ich hatte doch gar nichts Besonderes gesagt. Oder doch? »Machen Sie doch kein so ungläubiges Gesicht, Herr Schreiber«, meinte Eduardo. »Wir haben mit Ihnen einen Test gemacht, bei dem wir fast eine ganze Stunde lang Informationen gesammelt haben. Wie gesagt waren diese Informationen sehr aufschlussreich.« Er klopfte mir aufmunternd auf die Schulter. Ich war von dem im Raum anwesenden hageren Menschen hypnotisiert worden. Oder etwas Ähnliches. Das hatte was mit dem Zeug zu tun, das mir dieser Mann gegeben hatte. Irgendein Wahrheitsserum. Dinge, die man gemeinhin in Spionagefilmen sieht. Welche Informationen ich ihnen preisgegeben hätte, wollte man mir nicht offenbaren. »Gut, dass Sie die Idee mit dem Diebstahl des Kisteninhaltes verworfen hatten.« Bei diesen Worten klopfte mir dieser Eduardo erneut auf die Schulter. Verdammt, was hatten sie mit mir getan? Ich hatte ihnen also alles verraten! Ob ich ihnen von dem Grenzer Bericht erstattet hatte? Womöglich! Aber das sollte ich nie erfahren. Ich wurde fürs Erste entlassen und, welche Ehre, mit der Limousine nach Hause gebracht.

Die Anzeige

Dann, an einem dieser folgenden Tage, fiel mir bei meiner Zimmerwirtin eine Zeitung in die Hand, die sich »Deutsche Urwaldzeitung« nannte. Laut der alten Dame wurde diese Zeitung von einigen Tausend Lesern abonniert. Besonders von Geschäftsleuten wurde dieses Blatt gelesen. Diese Nachricht gab mir den zündenden Funken. Noch am selben Abend setzte ich mich an meinen Tisch und schrieb an den Verlag dieser Deutschen Urwaldzeitung. Ich hatte ein Inserat aufgesetzt, in dem ich meine Dienste anbot. Mir wurde die Zusammenarbeit mit diesem Herrn da Costa zu gefährlich, denn das sollte ja nur der Anfang sein. Dieser Anfang war doch schon heiß genug. Er würde die Gelegenheit ausnutzen und mich zur Bereinigung seiner verbrecherischen Angelegenheiten schamlos ausnutzen. Je mehr Aufträge, desto größer das Risiko für mich, doch noch hinter Gittern zu verschwinden. Wenn das also der Anfang war, wie sah dann das Ende aus? Ich musste weg von hier und das so schnell wie möglich! Eigentlich sollte es ein Stellengesuch als Bäcker oder Koch sein, doch hatte ich wohl zu viel von meiner militärischen Ausbildung gesprochen, was ich zu diesem Zeitpunkt noch nicht ahnen konnte. Irgendwo in diesem Lande saß ein verzweifelter Großgrundbesitzer, dessen Fazenda das Ziel von Landlosen war. Sie wollten sein Eigentum besetzen. Dies sollte ich noch bereuen, doch auch einige, die mir im Laufe der nächsten Jahre über den Weg liefen. Noch ahnte ich nichts davon. Zwei Wochen nachdem ich das Inserat aufgesetzt und weggeschickt hatte, erschien mein Stellengesuch. Von diesem Tag an rannte ich jeden Morgen gespannt an den Briefkasten, um nachzuschauen, ob Antwort auf meine Anfrage kam. Obwohl die Annonce groß genug und gut platziert war, blieben die so ersehnten Antwortschreiben aus. Kein Mensch zeigte Interesse. Ich fing langsam an den Mut zu verlieren. Dann kam von Herrn da Costa der nächste Auftrag. Ich war der Verzweiflung nahe. Über Herrn Eduardo ließ mir Herr da Costa mitteilen, was ich zu tun hatte. Ich sollte einen Kerl, der eines der Kasinos überfallen hatte, liquidieren. Eiskalt hinrichten! Er war das Mitglied einer Bande gewesen. In Brasilien gibt es keine Todesstrafe und auch keine lebenslange Unterbringung in einem Zuchthaus. Offiziell, versteht sich. Die Höchststrafe beläuft sich auf dreißig Jahre. Bei guter Führung entsprechender Straferlass. Daher machte Selbstjustiz, wer die Macht dazu hatte.

Der erste Auftragsmord

Ich bekam einen Revolver Kaliber 38 mit sechs Schuss ausgehändigt. »Die müssten reichen, wenn du sie ihm alle in den Kopf setzt«, hieß es. Eiseskälte lief mir bei diesen Worten über den Rücken. Dazu erhielt ich Namen, Adresse und Beschreibung des Mannes. Eigentlich handelte es sich nicht um einen Mann, sondern eher um einen Jungen, wie ich später feststellte. Fast noch ein Kind! Was war mit seinen Kumpanen, wollte ich wissen. Sollte ich mit denen am Ende auch noch abrechnen? Doch hierüber hüllte sich mein Auftraggeber in Schweigen. »Wenn dieser Auftrag erfüllt ist, hast du schon die Hälfte deiner Schulden bezahlt.« »Wie großzügig, du Arschloch!«, dachte ich, ohne dabei eine Miene zu verziehen. Scheiße! Scheiße! Was hatte ich mir dabei eingebrockt? Mein Gefühlsbarometer war auf dem absoluten Nullpunkt angekommen. Ich stierte vor mich hin und nahm nichts von meiner Umgebung wahr, als ich im Bus saß und nach Hause fuhr. Weil ich schwach gewesen war, musste jetzt ein Mensch durch meine Hand sterben. Was war aus mir geworden? Nie hätte ich gedacht, auch nur Ähnliches zu tun! Eigentlich war ich gegen solche Art der Gewalt! Ich versuchte immer einer Konfrontation mit Streitsuchenden aus dem Weg zu gehen, nur im äußersten Falle machte ich dann vom Faustrecht Gebrauch. Einem Gegner ein blaues Auge hauen war eine Sache, aber einen Menschen töten, das war eine ganz andere. Verzweifelt war ich jetzt! Zu Hause angekommen, warf ich mich auf mein Bett, vergrub mein Gesicht in meinen Armen und heulte wie ein kleines Kind. Die ganze Nacht lag ich wach, konnte keinen Schlaf finden. Fieberhaft grübelte ich darüber nach, wie ich die Situation anderweitig doch noch bereinigen konnte. Doch alles Nachdenken half nichts! Ich musste diesen Auftrag ausführen. Hier im Lande gab es ein ungeschriebenes Gesetz, das besagte, wer seinen Auftrag nicht zu Ende brachte, der trat an die Stelle des zum Tode Verurteilten. Wenn ich es also nicht tat, dann wurde ein anderer dafür bestimmt. Dieser Serginho, so hieß der junge Mann, musste sterben. So oder so! Da kam er nicht drum herum, außer er starb eines natürlichen Todes. Darauf aber zu hoffen war, als ob man im Lotto einen Sechser erwartete. Wer dieser Unterweltgesellschaft einen Schaden zufügt, muss dafür bezahlen. Es gab kein Pardon! Der Junge hätte dies wissen müssen. Mir blieben nun exakt zwei Wochen, um den Räuber aufzuspüren und ihn vom Leben in den Tod zu befördern. Für einen, der es gewohnt war zu töten, wohl genug Zeit. Für mich war es zu wenig. Noch nie hatte ich so etwas getan. Zudem wusste ich gar nicht, wie ich das anfangen sollte. Ich fuhr also am nächsten Tag gegen Mittag aufs Geratewohl zu der angegebenen Adresse von Serginho. Das Haus, in dem er mit seinen Eltern wohnte, lag in einem kleinen, gutbürgerlichen Ort. Keine Reichen, aber doch auf Ruhe und Sauberkeit achtende Bürger. Eine kleine Schwester hatte er. Ein süßes kleines, vorwitziges Ding. Sie war nicht frech, sondern vorwitzig in einer lieben Art. Durch und durch eine kindlich-offene Neugierde. Ich beobachtete die Eltern, die allem Anschein nach ein harmonisches Eheleben führten. Beide waren an diesem Tag in ihrem Vorgarten beschäftigt. Das Bild erinnerte mich an meine Kindertage. Diese Menschen waren mir sympathisch. Wenn sich der junge Mann versteckt haben sollte, was ja durchaus verständlich war, so würde er doch über kurz oder lang zu Hause erscheinen. Der erste Tag verging, ohne dass ich diesen Serginho zu Augen bekommen hätte. Am zweiten Tag streifte ich durch die nähere Umgebung von Serginhos Zuhause. Ich sprach mit dem einen oder anderen Nachbarn. Ging auch in der Schule vorbei, sprach mit dem einen oder anderen Klassenkameraden des Jungen. Nichts Konkretes. Nur belangloses Gequatsche. Suchte so im Gespräch zu erfahren, wo sich die Zielperson aufhalten konnte. Ein Tag nach dem anderen verstrich, ohne dass sich etwas tat. Dann tauchte er unerwartet auf. Ein junger, schlaksiger Bengel noch. Unglaublich! So was sollte einen Überfall begangen haben? Das konnte gar nicht sein! Meine Auftraggeber hatten sich wohl getäuscht. Er glich keiner der sonst üblichen Kanalratten. War wohl ein Irrtum, oder aber er war nur ein unwissender Mitläufer gewesen. Das war für mich unvorstellbar. Solche Dinge wurden gemeinhin von ausgekochten, skrupellosen Ganoven begangen, doch nicht von einem Dreikäsehoch wie diesem. Ich konnte mir das nicht vorstellen, dass dieser Junge einen Überfall auf ein Kasino verübt haben sollte. Zumindest war der Plan nicht von ihm ausgegangen. Das zumindest glaubte ich. Er ging an mir vorbei. Nur einen Schritt von mir entfernt. Ich konnte in seine Augen schauen und seinen Atem spüren. Als er mich anschaute, konnte ich ein Flackern in seinen Augen erkennen. Blanke Angst war darin zu sehen. Mir blieb kein Zweifel, aber seine Augen verrieten es mir, er hatte ein schlechtes Gewissen. Nur einen Bruchteil von einer Sekunde hielt er inne. Unsicherheit war es! Hatte er die Eiseskälte des Todes gespürt? Hatte man ihm gesteckt, dass ein hier fremder Mann umherlief und Fragen stellte? Auch die eine oder andere indirekte Frage, die doch ihn betraf. Er ging weiter, und als er an mir vorbei war, drehte er sich noch einmal um, sah mich an, als wolle er sich vergewissern, dass ich ihn nicht verfolgte. Doch es sollte noch nicht heute sein. Ich bemerkte seine versteckte Eile, mit der er dann schnelleren Schrittes auf sein Elternhaus zuging. Offenbar ein wenig erleichtert. Unser Zusammentreffen hatte ihn trotzdem unsicher werden lassen. Er tat mir leid! Für mich kaum zu glauben. Ich also sollte es sein, der dieses Familienidyll zerstören würde. Einer Mutter den Sohn, einem kleinen Mädchen den Bruder nehmen! Kälte und Trauer verbreiten, das Herz einer Mutter mit Schmerzen füllen. Dieser Gedanke belastete mich schon jetzt sehr. Still, in Gedanken versunken nahm ich den Bus und fuhr nach Hause. Die erste Woche war verstrichen. Ich kannte jetzt also die Zielperson. Musste nur noch einen Zeitpunkt abwarten, an dem ich meinen Auftrag zu Ende bringen konnte. Der Junge sollte nicht weiter beunruhigt werden, sondern sich in Sicherheit wähnen. Doch jeder zusätzliche Tag, den ich die Erledigung meines Auftrages hinausschob, machte es für mich nur noch schwerer! Die Zeit drängte, es letztendlich doch zu tun. Die Sache zu Ende bringen. Immer wieder hoffte ich, nach Hause zu kommen und es lägen eine Nachricht und ein Stellenangebot unter der Tür meines Zimmers. So hätte ich mich durch meine Flucht um den Mordauftrag drücken können. Doch dieser Wunsch erfüllte sich nicht. Dann kam es zu dem tragischen Zusammenstoß zwischen mir und diesem Jungen. Eigentlich wollte ich es noch nicht tun. Wieder die Ausführung verschieben. Morgen vielleicht, aber doch noch nicht heute! Ich hatte immer noch nicht den entsprechenden Mut zur Tat gesammelt. War noch nicht vorbereitet genug! Aber der Zufall wollte, dass es an diesem Tag sein sollte und sein musste. Ich ging wieder einmal ziellos durch die Straßen in der Nachbarschaft von Serginhos Wohnhaus und stieß dabei auf die Bundesstraße, die den Verkehr aus dem Ortskern fernhielt. Da es bereits später Nachmittag war, überlegte ich, ob ich zurückgehen sollte, um den Bus nach Pescador zu besteigen. Die vielen Stunden auf den Beinen zeigten Wirkung. Ich war müde und wollte endlich nach Hause. Bereit, noch einen Tag hinauszudrängen, den ich mich um diese grausame Tat drücken konnte. Somit war eigentlich der Entschluss schon gefasst, den Heimweg anzutreten, als dieser Junge mit noch zwei Freunden auftauchte. Ich konnte ihn trotz der Entfernung gut an seiner Körperhaltung erkennen. Nur ein paar Minuten im Leben hatte ich ihn gesehen, doch seine Art zu gehen hatte sich in meinem Gedächtnis eingebrannt. Arglos kamen sie auf mich zu, waren in eine erregte Unterhaltung vertieft. Ich konnte noch nicht feststellen, worum es in ihrem Gespräch ging, dafür waren sie zu weit entfernt. Sie benahmen sich wie alle Jugendlichen in diesem Alter. Sehr ausgelassen und mehr als albern. Die Gruppe der Jungs kam mir auf der anderen Seite der Bundesstraße entgegen. Dann blieben sie dort noch eine Weile auf ein paar Worte stehen, und kurz darauf verabschiedeten sie sich recht überschwänglich voneinander. Warum kam jetzt nicht der Bus? Verdammt noch mal! Nur Serginho alleine überquerte den Asphalt. Er kam geradewegs auf mich zu. Wie ich schon jetzt sehen konnte, war er unbewaffnet. Ich glaube, er war mit seinen Gedanken so beschäftigt, dass er bis kurz vor dem Zusammentreffen keine Notiz von mir genommen hatte. Denn erst als er etwa ein halbes Dutzend Schritte von mir entfernt war, erkannte er mich. Er blieb wie von einem Blitz getroffen abrupt stehen. Seine Augen weiteten sich. Die Angst stand ihm ins Gesicht geschrieben. Er wusste, dass er etwas falsch gemacht hatte und jetzt dafür bezahlen musste. Sein schlechtes Gewissen verriet ihn. Es bestand also kein Zweifel. Dann hob er beide Hände, streckte sie mir entgegen, als wolle er mich auf Abstand halten. Sie zitterten. In seinen Augen sammelten sich die Tränen und liefen über das vor Schmerz verzerrte Gesicht. »Bitte, bitte!«, flehte er. Seine Stimme überschlug sich. Ich weiß nicht, wer von uns beiden nervöser war. Wer sich vor Angst bald in die Hose machte. War er es, oder war ich es? Meine zittrige Hand umklammerte das kalte Eisen in meiner Tasche. Es schien Tonnen zu wiegen. Beide Hände waren von Schweiß bedeckt. Die Waffe schien mir aus den Fingern zu rutschen. Meine Augen flimmerten. Ich hatte keine Kraft, den Revolver aus der Tasche zu ziehen und in Anschlag zu bringen. Nicht nur Serginho schien aus den Fugen zu gehen. Sein Gesicht war zu einer Grimasse geworden, und es schien, als wolle er sich auf den Asphalt knien, um mich um Gnade zu bitten. Meine Hände wollten mir nicht gehorchen. Oder aber gehorchten sie in diesem Moment meinem Unterbewusstsein, das da sagte: »Nicht töten!« So standen wir uns gegenüber, und beide hatten Tränen in den Augen. Der eine wollte nicht sterben, der andere wollte nicht töten. Was für eine Situation! Ich musste es tun, konnte aber nicht. Mit der Waffe in der Hand stand ich dann vor ihm und machte eine zirkelnde Handbewegung. Ein explodierender Knall unterbrach die Anspannung. Es hatte sich dabei ein Schuss gelöst, der im Irgendwo landete. Erschrocken zuckte dieser Junge vor mir zusammen. »Corre!«, brüllte ich und starrte ihn mit wilden Augen dabei an. Er schien es nicht glauben zu können. Noch verharrte er im Schrecken des Knalls. Sollte er noch einmal davongekommen sein? Als glaube er, ich könnte es mir noch im nächsten Moment anders überlegen und doch noch einmal von meinem Revolver Gebrauch machen, drehte er sich blitzschnell Richtung Asphalt um und rannte von Todesangst getrieben davon. Er rannte um sein Leben. Nur zwei, drei raumgreifende Sätze, die vermeintlich lebensrettende gegenüberliegende Straßenseite im Auge und dann ein ohrenbetäubender Aufschlag. Im letzten Moment hatte ich die schattigen Umrisse des LKWs bemerkt. Wie ein Alptraum spielte sich alles vor meinen Augen ab. Machtlos stand ich da. Wie angewurzelt. »Achtung!« Mein Schrei ging unter in dem Inferno, das sich jetzt vor meinen Augen abspielte. Hatte ich ihn wirklich gewarnt, oder war mir nur so, als hätte ich geschrien? Er hörte es nicht mehr! Serginho rannte in das Fahrzeug hinein. Es blieb ihm keine Zeit, zu stoppen oder auszuweichen. Wie im Film lief das ganze Drama vor meinen Augen ab. Zuerst der Aufprall.

Er stürzte, wurde von der Stoßstange am Kopf getroffen, drehte sich, fiel mit dem Gesicht zu Boden, unter das Auto, wurde wieder gedreht und ein kurzes Stück mitgeschleift. Er schien sich an der Vorderachse oder der Spurstange verfangen zu haben. Dann löste sich der Körper und wirbelte wie eine Stoffpuppe herum. Der Fahrer musste die Kollision bemerkt haben, denn er trat auf die Bremse, doch gleich wieder auf das Gaspedal. Der Lastkraftwagen schlingerte, kam aus der Spur und schien die Böschung hinabzustürzen. Nur die Geistesgegenwart des Fahrers war es, die dies vermied. Mit einer Gegensteuerung brachte der Mann hinter dem Lenkrad das ausbrechende Fahrzeug in die Spur zurück. Serginhos Körper wurde jetzt von den beiden rechten Zwillingsreifen überrollt. Noch einmal wurde der Körper hochgeschleudert, fiel zu Boden und blieb unbeweglich in tausend Fetzen zerrissen dort liegen. Mir war, als bewegten sich die einen oder anderen am Boden liegenden Körperteile noch. Der unfallbeteiligte Fahrer stand wohl unter einem Schock, so wie ich auch, denn er hielt für einen Moment an, doch dann gab er gleich wieder Gas. Fuhr einfach davon, ohne sich um sein Opfer zu kümmern. Auch ich stand unter einem momentanen Blackout. Eine ganze Zeit lang bewegte ich mich nicht. Ich war wie gelähmt. Konnte nicht begreifen, was sich da gerade vor meinen Augen abgespielt hatte. Ich stand da, wie angegossen, und zitterte nur. Nicht nur das, ich heulte auch. »Du musst ihn töten«, hämmerte es durch mein Hirn. »Du musst ihn töten, sonst war alles umsonst!« Dann rannte ich wie von Sinnen die Böschung hinauf auf die Fahrbahn, auf den am Boden liegenden Jungen zu und feuerte die gesamte Trommel meines Revolvers auf seinen Kopf oder was ich für diesen hielt. Als hätte mich jemand Unsichtbares dazu getrieben. Es war nicht ich, es muss jemand anders gewesen sein, der das getan hatte. Tat es kaltblütig. Da lag etwas, das aussah, als sei es aus dem Toten herausgedrücktes Gedärm. Ich kotzte und heulte gleichzeitig. Da lag einer seiner Schuhe und gleich daneben eine helle, blutige Masse. Womöglich ein Teil seines Hirnes oder aber auch zerquetschte Knochenmasse. Was weiß ich, was es war. In meiner Aufregung bemerkte ich nicht, dass die beiden Freunde auf der anderen Straßenseite durch die Bremsgeräusche und die Schüsse aufgeschreckt waren. Sie mussten mich also gesehen haben. Auch sie standen wie gelähmt dort. Eine ungewöhnliche Stille machte sich breit. Ein Geruch, den ich nicht beschreiben kann, erfüllte die Luft. Überall Blut und dazwischen Körper- oder aber auch Wäscheteile, durch die ich jetzt davonlief. An einem Abfluss warf ich die Waffe durch den Schacht, putzte mir mit Grasbüscheln das Blut ab und rannte zur Haltestelle, an der ich den Bus nach Hause bestieg. Wie in einem bösen Traum, in dem ich mich befand und die Hauptrolle spielte. Nichts um mich herum nahm ich wahr. Konnte nicht einmal sagen, ob sich andere Menschen in dem Fahrzeug befanden. Mir war, als säße ich ganz alleine darin. Das Gefühl der Leere war mein Begleiter. Mir war, als dauerte die Fahrt zu mir nach Hause eine Ewigkeit, und ich war dann doch überrascht angekommen zu sein. Außer mir vor Schreck kam ich dort an. So eine Scheiße! Ich war zum Mörder geworden. Ich hatte einen Menschen auf dem Gewissen. Ein Kind fast noch. Das

Bild des in den LKW laufenden Jungen rollte unablässig vor meinen Augen ab. Mir schien, als bewegte ich mich außerhalb meines eigenen Körpers. Schlimmer noch als die Bilder war das Geräusch des Aufpralls. Dieser dumpfe, knirschende Laut, der mein Trommelfell zum Platzen bringen wollte. Mein Körper zitterte wie Espenlaub. Zusammengesunken saß ich auf einem Stuhl in meinem Zimmer, nicht in der Lage, mich zu bewegen. Immer noch schwängerte der Geruch nach Blut und Körperflüssigkeit meinen Atem. Wie lange ich so dagesessen hatte? Das war schwer zu sagen. Irgendwann kam Leben in meine Knochen. Ich wusch mich, wechselte meine Kleidung und wagte dabei nicht in den Spiegel zu schauen, der da an der Wand hing. Rannte wieder aus dem Haus, die Straße hinunter, um die Ecke herum zur dortigen Kneipe hin. Ich zitterte immer noch, als ich an der Theke Platz nahm. Dies blieb auch dem Mann dahinter nicht verborgen, denn er fragte mich beiläufig, ob alles in Ordnung sei. Auf eine Antwort wartete er vergebens. Ich bestellte einen Conhaque Dreher mit Coca-Cola. Mir stand wohl noch immer das Entsetzen im Gesicht, was den Mann mir gegenüber besorgt dreinschauen ließ. Wortlos stellte er das von mir gewünschte Getränk auf die Theke. Pur konnte ich diesen sogenannten Cognac nicht schlucken. Gegenüber einem wahren Cognac schmeckte dieses Getränk wie ein ekliger Hustensaft. Aber an diesem Abend war mir auch das total egal. Es war das erste, aber nicht das letzte Glas. Wie und wann ich in dieser Nacht nach Hause gekommen war, ich weiß es nicht mehr. Von nun an hatte ich das herzhafte, unbeschwerte Lachen früherer Tage verlernt. Niemals mehr sollte sich die Unbeschwertheit aus früheren Zeiten wieder einstellen. Wenn ich allein war, dann wurde ich oft melancholisch und fing an zu heulen. Hasste mich selbst. Wurde depressiv. Traute mich nicht mehr aus dem Hause. Nur gezwungenermaßen! Keine Woche war vergangen seit Serginhos Tod, als ich zum nächsten Auftrag einbestellt wurde. Dieses Mal handelte es sich lediglich um einen Kurierdienst. Den hätte auch jeder andere machen können. Aber nein, ich musste es sein. Nichts Besonderes, dieser Auftrag. Man drückte mir ein kleines unscheinbares Päckchen in die Hand, gab eine Adresse im Zentrum der Stadt an, und los ging es. War mir sicher, dass es sich nur um einen Versuch handelte. Allem Anschein nach wollte man mich dabei auf die Probe stellen, ob man mir vertrauen konnte. Es wurde wohl für die Zukunft ein zuverlässiger Muli gesucht. So werden die Drogenkuriere im Lande genannt. Damit war mir klar, dass der liebe Herr da Costa nicht daran dachte, mir die Schulden so einfach und schnell zu erlassen. Da sollte wohl noch viel Wasser den Berg hinabfließen. Mein Zielort war ein Luxusappartement in einem Hochhaus. Vor der Sache mit diesem Jungen bewegte ich mich mit offenen Augen und Ohren durch die Gegend, doch jetzt schien alles ohne Bedeutung. Lust- und mutlos blieb ich ansonsten in meinem Zimmer. Lag im Bett und vergrub meinen Kopf im Kissen. Meine Hände zitterten, und die Augen flimmerten unsicher. Die Unbeschwertheit früherer Tage war verronnen. Die Nächte lag ich wach, konnte keinen Schlaf finden. Wenn ich dann doch vor Erschöpfung einschlief, wachte ich schweißgebadet wieder auf. Meinen Nachbarn und meiner Zimmerwirtin blieb nicht verborgen, dass ich ein böses Erlebnis gehabt hatte. Anscheinend redete ich im Schlaf. Die Worte »Wohl schlecht geträumt« hörte ich fast täglich. So vermied ich es immer öfter, aus dem Raume zu gehen und Kontakt mit anderen Menschen zu haben. Meine Knie wurden zusehends schwächer. Mein Auftreten ließ zu wünschen übrig. Ich musste weg von hier und das so schnell wie möglich, bevor ich ganz vor die Hunde ging. Mein Gläubiger hatte aber gerade jetzt recht viel Arbeit für mich, nachdem die letzten beiden Aufträge problemlos ausgeführt worden waren. Immer wieder rief er mich zu sich in das mondäne Büro. Mehrere Kurierdienste folgten. Die von mir an besagtem Tage getragene Kleidung verbrannte ich noch am selben Tag auf einem weit außerhalb des Ortes gelegenen Gelände. Als ich dann bei Herrn da Costa im Büro stand, musste ich ihm erzählen, wie es mir gelungen war, diesen Kerl zum Teufel zu schicken. Dass es mit viel Glück geschehen war, verschwieg ich ihm. Anerkennendes Schulterklopfen folgte, auch von Eduardo. Ich hatte ihr Vertrauen gewonnen. Schon drei Wochen später kam ein erneuter großer Auftrag.

Der zweite Auftragsmord

Dieses Mal war ich nicht allein. Zwei Kerle, etwa fünfzehn Jahre alt, begleiteten mich. Ich sollte mit ihnen einen anderen Jugendlichen bestrafen, weil dieser Kokain gestreckt und dann auf eigene Faust verkauft hatte. Viele seiner Kunden hatte er betrogen. Meine beiden Begleiter waren zwei dieser geprellten Kunden. Da die beiden unter achtzehn waren, konnten sie noch nicht mit aller Härte des Gesetzes bestraft werden. Daher waren sie auch von Herrn da Costa zu diesem Auftrag ausgesucht worden. Ganz anders war es da bei mir. Als Erwachsener war ich voll verantwortlich für das, was ich tat. Ich nahm mir daher vor, im Hintergrund zu bleiben, solange es möglich war. Die beiden schienen auch jetzt unter Drogen zu stehen. Sie benahmen sich recht auffällig. Redeten hastig. Ihre Augen hatten einen flackernden Blick. Ihre Bewegungen waren hektisch, nervös. Unkontrolliert! Beide standen unsicher auf ihren Beinen. Traten von einem Bein aufs andere. Sie schienen eine Gefahr zu sein. Nicht nur für mich und die Umwelt, sondern eher für sich selbst. Daher verkniff ich es mir, irgendeinen Kommentar zu machen, der sie hätte auf den Gedanken kommen lassen, ich sei am Ende die zu eliminierende Person. In ihrem Zustand waren sie zu allem bereit. Würden am Ende noch die eigene Mutter erschießen und wenn die Droge dann ihre Wirkung verlor, Rotz und Wasser heulen. Ich hatte zweimal in meinem Leben Gras geraucht. Doch meine Droge war der Alkohol gewesen. Aber von diesen harten Dingen wollte ich nichts wissen. Bei dem Verhalten der beiden konnte man nur hoffen, dass sie während der Fahrt im Bus keinerlei Probleme hervorriefen. Sie waren mir lästig! Wir kamen letztendlich, nach einer ausgedehnten Busfahrt und einem anschließenden Fußmarsch, vor dem Haus der besagten Person an. Einer meiner Begleiter rief deren Namen. Dabei überschlug sich seine Stimme. Für mich war klar, dass die angerufene Zielperson gewarnt war. Ich hielt mich daher im Hintergrund auf. Tat so, wie ich es mir vorgenommen hatte. So, als hätte ich nichts mit den Dingen zu tun, die sich jetzt ereigneten. Wollte warten und sehen, wie sich die Sache entwickelte. Das war gut so, denn die beiden waren so heiß, dass sie, als die Tür geöffnet wurde, wie besessen drauflosknallten. Sie gebärdeten sich wie verrückt. Ihr abartiges Lachen ging im Feuerhagel unter. Das Kokain oder was sie sonst genommen hatten tat das seinige. Dann stürmten sie vorwärts auf die Eingangstür des Hauses zu. Als glaubten sie unverwundbar zu sein, rannten sie auf das Haus zu. Da, ein Schatten! Ich sah die Person, die seitlich um die Hausecke herumkam. Das war der besagte junge Mann. Der, der von meinen Begleitern liquidiert werden sollte. Er hatte zwei Waffen in der Hand und feuerte diese in Richtung der Anstürmenden ab. Diese hatten ihn nicht sofort bemerkt. Zu sehr waren sie abgelenkt. Hatten ihre Blicke auf die vor ihnen liegende Eingangstür fixiert. Alles spielte sich in Sekundenbruchteilen ab, und ich sollte eingreifen und diesen Irren zu Hilfe kommen. Doch ich hielt mich weiterhin zurück. Schaute nur zu. Ich konnte nicht verhindern, dass meine beiden Begleiter getroffen letztendlich am Boden lagen. Wenn ich dies jemals einem Menschen erzählen würde, er würde es nicht glauben können. Hier bezahlte niemand für einen begangenen Fehler im Himmel oder in der Hölle, hier wurde sofort bezahlt. Unser gemeinsames Ziel war der junge Bewohner des Hauses gewesen. Auch mein Auftrag. Doch als ich meine Waffe zog und sie in Anschlag brachte, sah ich diesen jungen heranstürmenden Mann stolpern, in die Knie sinken und dann vornüber mit dem Gesicht auf den Erdboden aufschlagen. Wie ein Wunder! Keinen einzigen Schuss musste ich aus meiner Waffe abgeben. Unsere Zielperson lag tot am Boden. Aber auch die beiden Drogis lagen leblos in einer sich schnell vergrößernden Blutlache vor dem Eingang des Hauses. Keiner von den dreien tat mir leid. Im Gegenteil! Ich konnte später auch diesen Auftrag als erledigt melden. Zum Glück musste ich mein Gewissen nicht mit einem neuen Mord belasten. Da Costa ließ mir bis auf einige kleinere Aufträge meine Ruhe. Alles nur Kurierdienste. Wie gehabt. Drogenlieferungen an Kunden in der Stadt. Getarnt als sogenannte Pizzalieferungen. Es waren schon mehr als fünf, ja sechs Wochen vergangen seit Erscheinen meines Stellengesuches, als meine Zimmerwirtin mit strahlendem Gesicht ganz unerwartet zur Tür hereinplatzte und ein Kuvert hin- und herschwenkte. Du liebe Güte, hatte das lange gedauert! Aber nun war doch endlich eine Antwort da. Voller Erwartung riss ich den Umschlag auf. Ich konnte ein leichtes Zittern meiner Hände nicht verhindern, so aufgeregt war ich. Dann las ich einmal leise und auf Drängen meiner Zimmerwirtin laut vor, was da auf dem Briefbogen stand. Ein gewisser Herr Kaiser suchte für einen Freund einen nicht näher genannten Mitarbeiter. Ich solle mich doch umgehend bei diesem unter angegebener Adresse melden. Im Kuvert befand sich außer dem Schreiben ein auf meinen Namen ausgestelltes Busticket, ferner ein Verrechnungsscheck, der nur von mir eingelöst werden konnte. Letzterer zeigte mir, wie ernst es dieser Herr Kaiser meinte. Ich wollte keine Zeit unnütz verstreichen lassen und nahm mir vor, schon am nächsten Tag der Einladung zu folgen. Dies war die so sehr ersehnte Gelegenheit, von hier wegzukommen. Warum war mir diese Gelegenheit nicht schon früher geboten worden? Warum nicht? Also jetzt nichts wie weg! So schnell wie möglich. Bevor noch ein weiterer Mord von mir gefordert wurde. Meine liebe Zimmerwirtin hatte sich so sehr gefreut und sprach mir Mut zu und wünschte mir viel Glück für die Zukunft. Hätte diese liebe Frau geahnt, welche Gewissensängste mich plagten, sie hätte nicht gezögert und mich der Polizei ausgeliefert. Doch sie erließ mir obendrein auch noch die Restmiete. Finanziell saß ich bereits auf dem Trocknen. Ein Glück war der anbei liegende Scheck. Ohne diesen hätte ich die Reise gar nicht antreten können. Nach einem ausgiebigen Frühstück verabschiedete ich mich bei meiner mir im Laufe der letzten Wochen lieb gewordenen Herbergsmutter. Wieder befand ich mich auf der Flucht vor meinen Gläubigern. Sollten sie mich von nun an wider Erwarten ausfindig machen, so war die Zahlung des Gesamtbetrages auf einmal fällig. Ich nahm dies in Kauf, denn ich wollte nicht mehr töten.

Die Flucht

Was für eine Strapaze, auf die ich mich da unbekannterweise einließ, aber angesichts der zu erwartenden Zukunftsaussichten hier in Florianopolis war dies der Schritt durch das Tor zur Freiheit. Für arme Leute war der Bus das ideale, weil das billigste Beförderungsmittel. Wer Geld hatte, nahm das Flugzeug. Da ich jedoch wenig Geld in der Tasche hatte, war ich gezwungen mit dem bezahlten Busticket auf dem Landwege an mein Ziel zu gelangen. Es war das erste Mal, dass ich eine so lange Busfahrt antrat. Insgesamt saß ich sechzehn Stunden eingeklemmt in diesem Vehikel. Die Heimfahrt von Rio nach Florianopolis hatte zwar länger gedauert, war aber immer von größeren Pausen unterbrochen gewesen. Während dieser Reise musste ich auch noch kiloweise Staub und rote Erde schlucken. Ich hatte eine Körpergröße von einem Meter achtzig, wog um die siebzig Kilo und war noch recht sportlich, aber es schlauchte trotzdem. Ich hätte die Fahrt nicht am Tage, sondern in der Nacht antreten sollen. Letzteres wäre auf alle Fälle angenehmer gewesen. Zudem war meine Sitznachbarin ein Schwergewicht von gut und gerne neunzig Kilo Lebendgewicht. Sie war breit wie ein Kleiderschrank. Da ich auch nicht gerade schmalbrüstig bin, versuchte jeder den anderen, Schulter an Schulter, in seine Schranken zu zwingen. Die Sitzreihen waren eben für Normalsterbliche eingebaut worden und nicht für Überbreite. Dieses Schieben und Drücken kostet nicht nur Kraft, sondern nimmt einem die ganze Lust an der Reise. »Fettgefressene Kuh!« Mit einem bösen Seitenblick strafte ich die schlafende Frau. Trotz der Klimaanlage, mit der der Bus ausgestattet war, lief darüber hinaus der Schweiß in Strömen. Es wurde von Stunde zu Stunde unerträglicher. Die Luft war zum Schneiden. Die meisten der Fahrgäste waren eingeduselt, einige schliefen gar richtig fest, was man an dem heftigen Schnarchen hören konnte. Auch nach Stunden noch hatte ich mit meiner Nachbarin schwer zu kämpfen. Auch sie war gleich nach der Abfahrt des Busses eingeschlafen, fand jedoch keine innere Ruhe, sondern bewegte sich dabei heftig hin und her. Allem Anschein nach träumte sie einen bösen Traum. Befand sich wohl im Kampfe mit ihrem Ehemann. Ich wünschte mir in diesem Augenblick recht viel kleiner und schmächtiger zu sein, dabei hielt ich Ausschau, ob irgendwo im Fahrzeug noch ein Platz frei wäre, auf den ich ausweichen könnte. Sosehr ich auch suchte, es war nichts zu machen. Alle Plätze waren belegt. Damit, dass jemand ausstieg und ich den frei gewordenen Sitzplatz einnehmen konnte, durfte ich nicht rechnen. Während dieser ganzen Fahrt von Florianopolis aus über Londrina und dann immer weiter ins Hinterland von Parana in den Bundesstaat Mato Grosso gab es gerade mal drei Stopps. Im Bus selbst gab es eine Bordtoilette. Diese war jedoch nach dem zehnten Benutzer eklig und dreckig. Für einen Menschen, der ein wenig Wert auf Hygiene legte, nicht mehr betretbar. Diesen Gang hob ich dann auf bis zum nächsten Halt. Es schien, als wolle diese Fahrt einfach kein Ende nehmen. Ich nutzte die kurze Gelegenheit, in der meine Nachbarin zu sich kam und mit blinzelnden Augen um sich schaute, ihr meinen Fensterplatz anzubieten. Sie nahm das Angebot ohne Dankeschön an. Schwer schnaufend und prustend erhob sie sich und machte mir den Weg frei, damit ich auf den Gang hinaussteigen konnte. Dann zwängte sie sich umständlich zwischen die jetzt leere Sitzreihe. Die Frau schnaufte wie eine alte Dampflok. Als würde sie jeden Augenblick das Zeitliche segnen, brach sie mit einem herzzerreißenden Seufzer in dem eben frei gewordenen Sitz zusammen, und dann gab es kein Halten mehr. Keine fünf Minuten und sie schlief wieder fest ein. Jetzt konnte ich mich einigermaßen frei bewegen. Was für eine Erlösung war das, als ich meine Beine strecken und im Mittelgang ein paar Schritte hin- und hergehen konnte. Ich saß auf der Lehne meines Sitzes und hörte, wie sie mit den Mitreisenden in ein neuerliches Schnarchkonzert einstimmte. Um sie nicht mehr sehen zu müssen, drehte ich ihr den Rücken zu. Sie zu hören war ja schon genug. So kam ich bald mit einem Mitreisenden ins Gespräch, der in der gegenüberliegenden Sitzreihe saß und wegen des Schnarchkonzertes kein Auge schließen konnte. Seinem Aussehen nach glich er einem Landarbeiter, genauer gesagt einem Boiadero. In den Vereinigten Staaten nennt man diese Männer Cowboys. Sein Alter war schwer zu schätzen, aber so um die vierzig mochte er schon sein. Der große Hut, den er nicht vom Kopfe zog, machte das Einschätzen seines Alters nur noch schwieriger. Bekleidet war er mit einer Jeanshose, einem hellblauen Hemd, dessen Ärmel hochgekrempelt waren, und seine Füße steckten in schwarzen Stiefeln. Er war schlank, hatte etwa meine Körpergröße, doch war in den Schultern breiter gebaut. Seine Hände waren sehniger als meine, was darauf schließen ließ, dass er es gewohnt war, fest zuzupacken. In seinem Gürtel steckte eine lange Scheide mit einem überdimensionalen Messer, dem Facao. Was ein richtiger Boiadero ist, der hat immer dieses Universalwerkzeug am Mann. Es dient ihnen zum Brennholzmachen, um sich zu verteidigen, um sich die Nahrung in mundgerechte Stücke zu schneiden und um den gepressten Tabak zu zerstückeln, der dann in getrockneten Maisblättern geraucht wurde. Also war mein erster Eindruck schon richtig gewesen. Diese Landleute sind fürchterlich, alles muss man ihnen mühsam aus der Nase ziehen. Sie führen kein Gespräch, das mehr als zwei Worte beinhaltet. Kein Wunder, dass sie so wortkarg sind. Oft sitzen sie tagelang in den Sätteln ihrer struppigen Pferde und steigen nur zum Schlafen oder Pinkeln von diesen herunter. Er erzählte mir trotz seiner Wortkargheit, dass er aus einem Städtchen stammte, das unweit meines Zielortes lag. So fragte ich diesen Mann, ob er die besagte Person kenne, die mir von Herrn Kaiser empfohlen worden war. Ja, druckste er herum, ja schon, aber sicher war er sich nicht. Doch in besagter Gegend lebten ein paar Familien deutschen Blutes. Aber wie sie sich nannten, das konnte oder wollte er mir nicht sagen. Womöglich irrte er sich gar. Er zuckte die Achseln und tat dann so, als denke er noch einmal kräftig nach. Ein zweites Mal nachgedacht ist immer gut. Erwartungsvoll schaute ich ihn an, er aber blieb still. Nach geraumer Zeit drehte er mir den Kopf zu, sah mich nachdenklich an, so als überlege er sich noch, ob er sprechen solle oder nicht. Als habe er sich letztendlich nun doch durchgerungen, sprach er mit ernstem Ton zu mir, und es hörte sich fast wie eine versteckte Drohung an. Er sagte mir, es wäre besser, sich nicht mit diesem Menschen einzulassen, aber auf meine Frage, warum ich dies nicht solle, hüllte er sich in erneutes Schweigen. Dieses brach er erst, als ich ihn auf die dortige Gegend ansprach und ihn bat, mir doch ein wenig davon zu erzählen. Wie ich dann nach meiner Ankunft feststellen konnte, hatte er mir die Gegend und ihre Menschen aufs Haar genau beschrieben. Der Bus hielt an einem öd und einsam gelegenen einstöckigen Gebäude, das weit außerhalb der Stadt lag und den Busbahnhof darstellte. Ein Teil des Gebäudes diente als Lagerhalle, ein anderer Teil als Restaurant und ein kleiner Teil als Wohnbereich. Das war der Bus-Stopp für die einen und Zielort für die anderen Fahrgäste. Die Landschaft war eine mit Gras bewachsene leicht hügelige Gegend, nur hin und wieder wurde diese Eintönigkeit durch ein paar Bäume oder Sträucher unterbrochen. Früher, vor einem Menschenleben, bedeckte hier noch dichter Urwald das Land. Dazwischen zog sich nun die Asphaltbahn durch die fast kahle Landschaft. Diese Bundesstraße war rechts und links von einem Drahtzaun eingefasst. Um nach Ponta Grossa, meinem Zielort, zu kommen, musste ich von der Asphaltstraße runter und eine regelrechte Landstraße benutzen. Diese war eine nicht befestigte Erdstraße, in der Regenzeit ein Schlammloch und im Sommer staubig bis zum Gehtnichtmehr. Müde kam ich also dort an und lud meinen Reisegefährten zu einem Erfrischungsgetränk ein. Auch er war an seinem Ziel angelangt. Von einem öffentlichen Telefon, das sich vor dem Eingang des Restaurants befand, rief er bei sich zu Hause an und gab seine Ankunft bekannt.

Er bat darum, dass man ihn abholen solle. Gemeinsam mit anderen Reisenden drängten wir in den Verkaufsraum, der einem Supermarkt glich, und von da zum Restaurant hinüber. Im Laufe der Fahrt waren wir besser bekannt geworden. Carlos, so hatte er sich mir vorgestellt, hatte mir ein wenig aus seinem Leben und ich ihm auch einiges aus meinem Leben erzählt. Jetzt saßen wir hier und warteten. Er, Carlos, auf einen Fahrer seiner Fazenda, eine, wie er stolz verkündete, der größten weit und breit. Dort war er als Capataiz, also als Vorarbeiter, angestellt. Mit anderen Worten war er so etwas wie ein Gutsverwalter. Er war verheiratet und lebte mit seiner Frau und den beiden Kindern schon immer in dieser Gegend. In Rio Grande selbst hatte er geschäftlich zu tun gehabt, was des Öfteren vorkam. Oft war er auch in Sao Paulo. Er war für alles zuständig, was mit der Fazenda zu tun hatte. So kaufte er Bullen ein und verkaufte Rinder aus der Zucht auf landesweit angekündigten Auktionen. Sein Arbeitgeber war ein amerikanischer Konzern, hauptsächlich im Ölgeschäft tätig. APC Ltda nannte sich dieser. Unter anderem hatten sie auch in Viehzucht investiert. Diesem Umstand hatte er es zu verdanken, hier in seiner Heimat einen einigermaßen gut bezahlten Arbeitsplatz gefunden zu haben. Als wir so im Restaurant saßen und er auf sein Fahrzeug und ich auf meinen Bus wartete, konnte ich noch nicht ahnen, wie schnell wir es noch miteinander zu tun haben sollten. Nach etwa einer Stunde, die wie im Fluge vergangen war, mussten wir uns trennen, da mein Bus kam. Das war die wohl abenteuerlichste Busfahrt meines bisherigen Lebens. Bis nach Ponta Grossa waren es gute zehn Kilometer, die mir jedoch wie zwanzig Kilometer vorkamen. Der Bus fuhr jede Stunde und war daher für diese Tageszeit wohl recht gut besetzt. Alle Fenster waren geöffnet und der Fahrtwind brachte ein wenig Abkühlung für die Insassen. Sobald der Bus jedoch anhielt, um einem Fahrgast das Aus- oder Einsteigen zu ermöglichen, stockte mir der Atem. Da erst wurde mir die Bullenhitze bewusst, die im Fahrzeuginnern herrschte. Zudem kam zusätzlich der aufgewirbelte Staub herab, der sich in allen Ritzen niederließ. Mit dem Körperschweiß vermischt gab das eine prächtige Schmiere. Da freute man sich schon im Voraus auf ein erfrischendes Duschbad. Der arme Fahrer, der da vorne in der Nähe des Motorblockes saß und sich noch von dem einen oder anderen Fahrgast anschnauzen lassen musste, dachte ich so bei mir. Das war nichts für mich, obwohl es ja auch in einer Backstube nicht gerade erfrischend zuging. Oft genug waren meine Schweißtropfen in den von mir durchgekneteten Brotteig gefallen. Die Kunden sollten auch schmecken, wie es war, wenn man bei der Arbeit schwitzte. Der Busfahrer befand sich jedoch einen ganzen Arbeitstag in einem saunaähnlichen Zustand. Zudem musste er noch kilogrammschweren Staub schlucken. Armer Kerl! Er hatte mein Mitleid verdient! Während der Fahrt über Stein und Sand quietschte und ächzte die Karre so herzergreifend, dass man im festen Glauben war, sie könnte jeden Augenblick an Ort und Stelle ihren Geist aufgeben und sich in all ihre Einzelteile auflösen. Das Fahrzeug schaukelte durch die vom letzten Regen ausgewaschene Straßenoberfläche. Die Angst, die restliche Wegstrecke zu Fuß gehen zu müssen, schwand, als ich endlich die Stadt in Sichtweite hatte. Auf mein Bitten hin hielt der Fahrer vor einer Kneipe, die Fremdenzimmer zu vermieten hatte. Eine Pousada, durch ein großes Schild über der Eingangstür wurde darauf hingewiesen. Nachdem ich meine sieben Sachen auf dem angemieteten Zimmer verstaut hatte, ging ich in die Kneipe, trank ein köstlich erfrischendes Bier und unterhielt mich ein wenig mit dem Kneipenbesitzer. Von ihm erfuhr ich die genaue Richtung, die ich einschlagen musste, um zu dem Freund von Herrn Kaiser zu kommen. Der Capataiz, der sich Carlos da Silva nannte, hatte an dem hier in der Gegend lebenden Deutschstämmigen kaum ein gutes Haar gelassen, während der Kneipenwirt nicht müde wurde das Gegenteil zu bekräftigen. Warum dieser Meinungsunterschied? In einigen Tagen sollte ich wissen, weshalb. Bis dahin war ich noch jungfräulich unbelastet. Das war gut so! Die Fahrt hierher war anstrengend verlaufen, daher gönnte ich mir eine Pause von einer Nacht. Am nächsten Tag machte ich mich auf den mir vom Kneipenwirt empfohlenen Weg. Mit dem gleichen Bus wie am Vortag fuhr ich ein ganzes Stück des Weges weiter und musste trotzdem noch einige Kilometer zu Fuß durch das Land wandern, wie mir beschrieben, über eine Brücke, dann an der nächsten Toröffnung hinein und bis zu dem zwischen einer Häusersiedlung gelegenen Haupthaus gehen. Dort lag mein Ziel. Die Sonne stand bereits hoch am Himmel, als ich an die Tür klopfte. Ein Hund bellte hinter dem Gebäude aus Leibeskräften, um mich den Bewohnern anzukündigen. Aus einem der Nachbarhäuser war das Geplärre eines Kleinkindes zu vernehmen. Zwischen den Häusern verlief ein Weg, der links und rechts von Gartenzäunen begrenzt wurde. In den dahinterliegenden Gärten hatten die Bewohner ihre farbenprächtigen Blumengärten angelegt. Es war ein idyllisches Plätzchen Erde, von einem kleinen Wäldchen umgeben. Wie ausgestorben lag es da. Aber wie so oft trügt der Schein. Nach mehrmaligem Klopfen wurde mir aufgetan, und ein älterer Herr zeigte sich zwischen Tür und Angel. Wer ich sei und was ich wolle. Seine Stimme klang nicht gerade freundlich, auch sein Blick war abweisend. Er musterte mich von Kopf bis Fuß, und seine Augen hellten sich erst auf, als ich ihm das Schreiben von diesem Herrn Kaiser gab. Nachdem dieser Herr Henrique Bauer den Brief seines Freundes gelesen hatte, wurde er zusehends freundlicher, als hätte er in mir einen alten Kameraden getroffen. Seine Geste, mit der er mich in sein Haus bat, war übertrieben freundlich. Nachdem er mich seiner Frau vorgestellt hatte, bat er mich, doch am Tisch Platz zu nehmen und das Mittagsmahl mit ihnen zu teilen. Davor hatte er mir noch ein paar Fragen gestellt. Für mich ein wenig komisch, aber es war mir egal. Ich antwortete auf all seine Fragen offen und wahrheitsgemäß. Was ihn am meisten interessierte, war die Frage, ob ich mich mit Waffen gut auskennen würde und ob ich in der Lage wäre, eine solche auch zu benutzen, sobald es sein musste. Nun, mit Waffen kannte ich mich aus, war ja lange genug an der Waffe ausgebildet worden. Auch war ich immer bei der Schießausbildung einer der besten Schützen gewesen. Pistolen, die lagen mir gut in der Hand. Mit diesen erreichte ich bei jedem Schießen die höchstmögliche Trefferzahl. Das Essen, zu dem ich im Anschluss der Fragestunde geladen war, schmeckte vorzüglich. Schon beim Anblick lief mir das Wasser im Munde zusammen. Man sah gleich, womit hier das Geld verdient wurde. Die Größe der Fleischportion ließ keinen Zweifel daran. Ein Riesensteak lag da vor mir auf meinem Teller. Nur mit grobem Salz gewürzt und schön saftig gebraten. Das waren an die siebenhundert Gramm Fleisch, die darauf warteten, meinen Hunger zu stillen. Nach dem Mittagessen lud mich der Hausherr auf die Terrasse zu einem Cafezinho ein, das ist ein landesüblicher Espresso. Heiß und stark! Zudem mit viel Zucker und schwarz wie die Nacht. Wir plauderten ein wenig, als sein Sohn zu uns stieß. Ein hochgewachsener, etwa dreißig Jahre alter Mann. Ein schlanker, sehniger Typ mit blonden Haaren und blaugrauen Augen. Nachdem er seinen Vater und mich begrüßt hatte und ihm die Mutter ebenfalls einen Cafezinho angeboten hatte, setzte er sich zu uns an den Tisch und hörte unserem Gespräch zu, ohne auch nur ein einziges Mal zu unterbrechen. Es war auch nichts Wichtiges. Eben nur Geplauder. Wo ich herkäme, wollte er wissen. Mannheim, ja Mannheim, das kenne er schon und es liege dort, wo sich der Neckar mit dem Rhein trifft. Ob er schon mal dort gewesen sei, wollte ich von ihm wissen. Aber er schüttelte fast traurig den Kopf und lächelte dann verschmitzt. Nein, er war nie in Deutschland gewesen, aber er hatte im Geografieunterricht alles aus der Heimat der Vorfahren aufgesogen, so wie die vertrocknete Erde den Regentropfen aufsaugt. Ihm machte es sichtlich Spaß, mit seinem Wissen zu prahlen. Nach geraumer Zeit dann unterbrach uns der Sohn und entschuldigte sich dafür, dass er uns ins Wort fallen müsse, doch die Arbeit wartete auf ihn, zudem war er auch nur nach Hause gekommen, um zu Mittag zu essen. Er sah mich mit festem Blick an und erzählte mir ein wenig von der Größe ihres Landbesitzes. Dass sie hauptsächlich Viehzucht betrieben und nur ein kleiner Teil ihres Besitzes zum Anbau von Zuckerrohr, Kaffee, Aipim und Weißkraut diente. Der Anbau von Weißkraut war hauptsächlich für eine Firma der Lebensmittelbranche bestimmt. Sie stellten Krautsalat und Sauerkraut her. Dafür hatte sich die Bauer'sche Fazenda vertraglich verpflichtet, dieses anzubauen und die jährliche Ernte anzuliefern. Ein anderer Teil war mit Wald bedeckt. Sie betrieben daher auch ein Sägewerk. Der für Möbelholz abgeschlagene Wald wurde durch Eukalyptusbäume für die Papierindustrie wiederaufgeforstet. Da ein Großteil des Landes jedoch nicht bewirtschaftet werden konnte, wurde dieses brachliegende Land von einer Menschenrechtsorganisation mit dem Namen »Sem Terra« eingefordert. Seine Stimme änderte sich von Mal zu Mal. Sie nahm einen verärgerten Ton an, als er von der illegalen Besetzung seines Hab und Gutes durch diese Landlosen berichtete. Wie die Heuschrecken zogen sie durch das Land und beanspruchten das Eigentum anderer. Ja, sie gingen gar so weit, ihre Forderungen mit Waffengewalt durchzusetzen. Sie invadierten das Land, teilten es in Parzellen auf, bauten Zelte auf jede dieser Parzellen und verteilten letztendlich fremdes Eigentum an irgendwelches Gesindel. So etwas, erboste er sich, dürfe doch einfach nicht sein. »Warum rufen Sie die Polizei nicht zu Hilfe?«, warf ich ein. Die Landbesitzer riefen zwar die Polizei zu Hilfe, wenn dieses Pack im Anmarsch war, antwortete er mir mit einem Blick zu seinem Vater hin. Dieser nickte zustimmend. Doch meist waren die Gesetzeshüter dem Ansturm unterlegen und konnten die rasende Menge nicht unter Kontrolle bringen. Sie kamen zu Tausenden. In Bussen, auf Lastwägen und zu Fuß. Mit Transparenten, Lautsprechern und den roten Fahnen der Kommunisten. Immer die Presse im Schlepptau. Bei allem Verständnis, so meinte er, gehe das dann doch zu weit. Jetzt sei der Moment gekommen, wo die Eigentümer der Ländereien eigene Schutztruppen aufstellten, um diesem Treiben ein Ende zu setzen. Herr Kaiser sei ein Freund der Familie und dies schon seit langer Zeit. Er habe Anteil an ihrem Problem genommen und mich daher um Hilfe gebeten. Zumal der Capitao ihrer Schutztruppe ausgefallen sei. Warum er ausgefallen war, wollte ich gerade jetzt nicht wissen. Doch zu einem späteren Zeitpunkt hatte ich doch vor, diese jetzt im Moment aufgeschobene Frage wieder ins Spiel zu bringen. Dann wollte der junge Fazendeiro doch ohne Umschweife wissen, wie ich in einem solchen Falle handeln würde, wenn es um mein Eigentum ginge und es mir jemand streitig machen wollte. Gespannt auf meine Antworten, schauten nun beide Männer zu mir herüber. Nach kurzem Überlegen gab ich meine Gedanken preis. Warum versuche man nicht dieses Land auf friedlichem Wege an diese Landarbeiter zu verpachten und ihnen, von der Regierung unterstützt, einen Kredit zu ermöglichen, damit sie ein Holzhaus für ihre Familie aufbauen und das gepachtete Land bis zur ersten Ernte bearbeiten könnten? Von da an könnten die Pächter ihre Ernte an den Fazendeiro zu einem anständigen Preis verkaufen und damit die jährliche Pacht zahlen. Damit wäre doch beiden Seiten mehr geholfen. Dem Fazendeiro und den Landlosen. Oder etwa nicht? Beide Männer schauten mich an, als ob ich geradewegs aus dem Irrenhaus ausgebrochen sei. Dann schüttelten sie ungläubig ihre Köpfe über so viel Naivität. Beide versuchten mich im Anschluss aufzuklären. Ja, natürlich könnte man so etwas tun, in Deutschland vielleicht, aber doch nicht hier in Brasilien. Mir schwirrte die geniale Handlung des Herrn Kretz und der anderen Geschäftsleute in Indaial im Kopfe herum. So konnte man in Santa Catarina handeln, aber doch nicht in Mato Grosso. Dort lebten zivilisierte Menschen und nicht wie hier Halbwilde. Das waren ihre stärksten Argumente. Womöglich hatten beide, Vater und Sohn, recht. Immerhin lebten sie schon in der dritten Generation hier im Lande. Sie, die Vorfahren des alten Mannes, hatten noch die Zeit der hochrädrigen Ochsenkarren erlebt, und jetzt kam jemand wie ich daher und wollte ihnen etwas über die Lösung ihrer Probleme erzählen. Verschämt über meine vorlaute Art, nahm ich mir vor, von jetzt an das Maul zu halten. Das war auch gut so. Letzten Endes suchte ich Arbeit, und hier gab es etwas zu tun. Na, und mit einem Haufen Halbwilder würde ich schon fertigwerden, so dachte ich, als ich zusagte und die mir angebotene Tätigkeit übernahm. Gut so, stimmten mir meine neuen Arbeitgeber zu und klopften mir wohlwollend auf die Schulter. Ich war also willkommen. Während sich der Sohn sichtlich zufrieden zum Mittagessen zurückzog, forderte mich der alte Herr Bauer auf, ihn zu begleiten. Mit einem Jeep aus ehemaligen US-Militärbeständen fuhren wir etwa eine

Stunde lang immer in die gleiche Richtung. Anhand des Sonnenstandes und der Tageszeit wusste ich die Richtung, in die wir uns bewegten. Die Reise ging in den Süden. Wir fuhren auf zwei in der Graslandschaft ausgefahrenen Spurrillen. Gerade, wie mit dem Lineal gezogen. Ein wenig holprig war es da schon, aber außer einigen Schlaglöchern war weiter nichts gewesen. Er ließ sich Zeit. Damit ich mir in aller Ruhe die Gegend betrachten konnte.

Arbeit in Mato Grosso

Zwischen einer kleinen Ansammlung von Holzhäusern kamen wir zum Stehen. Wir gingen zu Fuß zu einem langgezogenen Gebäude, einer Art Stall. Doch im Vorübergehen sah ich, dass nur ein Teil als Stall für ein Dutzend Pferde oder einige mehr diente, der andere Teil war als Garage für zwei Kleinlaster und zwei jeepähnliche Fahrzeuge der Marke Willys-Rural gedacht. Die Zündschlüssel steckten, wie ich feststellen konnte. Beim Vorbeigehen fragte mich mein neuer Patron, ob ich Auto fahren könne. Als ich seine Frage bejahte, nickte er nur mit dem Kopf und ging weiter, mich immer im Schlepptau. Ob ich auch reiten könne, wollte er weiter wissen. Gut, gab ich etwas verlegen zu, als Kind durfte ich oft auf dem Rücken eines unserer Pferde sitzen. Später hatte ich jedoch keine Gelegenheit mehr dazu gehabt. Na, meinte er, das würde ich wohl doch noch lernen müssen. Zwischen Stall und Garage führte ein breiter Gang zur gegenüberliegenden Seite des Gebäudes. Unter dem in sattem Rot stehenden Flamboyant saßen auf einer um den Stamm herum gebauten Bank eine Anzahl Männer im Schatten und hielten Siesta. Um diese Uhrzeit war es zu heiß, um in der prallen Sonne zu arbeiten. Nur wer unbedingt musste, tat es. Während die einen irgendwelche Erlebnisse zum Besten gaben, dusselten andere im Halbschlaf vor sich hin. Ein wilder, verwegener Haufen war es, doch jetzt, wo der Patron auftauchte, verstummten sie und standen ehrfürchtig vor ihm auf. Mit einem »Ola!« begrüßten sie ihn und mich. Einige von diesen Männern ließen mich nicht mehr aus den Augen. Neugierig schauten sie mich an, während der Chef ihnen erklärte, wer ich sei und dass er mich auf Grund meiner militärischen Erfahrung als deren Capitao einsetzte. Wenn es wieder zu Auseinandersetzungen mit den verdammten Landlosen kommen sollte, so sei ich der Befehlshaber der Truppe. »Alle hören auf sein Kommando«, und damit war für ihn die Befehlsgewalt übergeben. Ich war überrascht, wie offen mich diese Männer aufnahmen. Eigentlich glaubte ich im Stillen der mir auferlegten Aufgabe nicht gewachsen zu sein. Aber ich hatte auch Zweifel, ob die mir unterstellten Männer meine Vormachtstellung so einfach akzeptieren würden. Immerhin hatten sie alle mit den bevorstehenden Problemen mehr Erfahrung, als ich sie auch nur annähernd vorweisen konnte. Doch mit diesen Männern, das sah ich sofort, mit ihnen würde ich jede Auseinandersetzung gewinnen. Mir war klar, dass ich die Verwegenheit jedes Einzelnen von ihnen durch meinen Respekt ausgleichen musste. Respekt und den Willen, von ihnen zu lernen, was zu lernen war. Auf alle Fälle war es nicht wenig. Herr Bauer rief zwei Männer aus der Gruppe heraus und stellte sie mir als Otto und Augusto vor. Beide seien von nun an meine rechte Hand. Wenn irgendetwas unklar sei, so solle ich mich an sie wenden. Die beiden Angesprochenen nickten zustimmend. »Herr Schreiber, bitte kommen Sie morgen früh nach dem Frühstück zu mir!« Dann verabschiedete er sich von uns und den unter dem Baum sitzenden Leuten per Handschlag und fuhr zurück zum Haupthaus. Ich selbst begleitete Otto und Augusto hin zur Gruppe.

Augusto beauftragte einen der Männer, meine Tasche in eines der kleinen Häuser zu bringen, das im Zentrum der Ansiedlung lag. Den Großteil meines Gepäcks hatte ich vorsichtshalber in der Pousada zurückgelassen. Dass sich meine Anstellung bei den Bauers so unkompliziert und schnell vollziehen würde, hätte ich mir im Traum nicht einfallen lassen. Die Männer saßen eine geraume Weile mit mir im Schatten dieser Blütenpracht, und wir sprachen auch über meinen Vorgänger, der von einem dieser Landlosen mit dem Facao erschlagen worden war. Auf die Frage, was mit dem Kerl danach geschehen war, lachte einer der jüngeren Männer und sagte trocken: »Der brennt jetzt noch in der Hölle!« Mehr brauchte ich nicht zu wissen, um mir auszumalen, wie es dem Mörder ihres Freundes und Capitaos ergangen war. Nach dem Frühstück am nächsten Morgen fuhr ich mit Augusto in einem offenen Geländewagen zum Haupthaus hin, wo ich mich mit Vater und Sohn Bauer traf. Das Gespräch zwischen uns war bereits nach einer halben Stunde beendet und ich angestellter Capitao von deren Schutztruppe. Auf meinen Einwand hin, dass es sich jedoch um eine kleine Truppe handele, suchten beide Männer mich zu beruhigen und kündigten mir an, dass es für den Ernstfall eine schlagkräftige Reserve gab. Wie stark diese war und wer diese Reserve stellen sollte, erfuhr ich von ihnen nicht. »Na ja«, so dachte ich, »es werden wohl noch einige der anderen Angestellten sein.« Einige Boiaderos wohl. Dann fuhren Augusto und ich in die Stadt, wo wir mein Gepäck aus der Pousada holten. Ich vermied vor den Leuten als Chef aufzutreten, ließ mich aber auch nicht zu weit herunter. Wo und wann immer suchte ich Erfahrung zu sammeln. Um die tägliche Diensteinteilung zu machen und Anordnungen zu erteilen, schickte ich meine Sargentos vor. Alle Leute meiner kleinen Einheit trugen eine Art Uniform. Damit sollten sie von den anderen Arbeitern der Fazenda kenntlich gemacht werden. Auch die Bewaffnung war einheitlich. Aus Armeebeständen erworbene Schnellfeuergewehre und als kleine Handwaffe ein Trommelrevolver Kaliber 38 und eine Machete, dort Facao genannt. Am Anfang gab es nicht viel zu tun. Es blieb ruhig in der Region. »Die haben noch vom letzten Mal genug«, meinte Otto grinsend. Ich nutzte die freie Zeit, um mir einen Überblick über das Gelände zu verschaffen. Ich hatte, wie gesagt, meine Sachen aus der Herberge abgeholt, alles sauber eingeräumt und wohnte nun auf der Fazenda in einem schmucken, kleinen Holzhaus. Die Einrichtung war nicht üppig, aber ich hatte alles, was ich brauchte. Für meine tägliche Verpflegung wurde in einer Gemeinschaftsküche gekocht, da ich nicht der einzige Alleinstehende hier auf der Fazenda war. Oft ließ ich mir nach der Frühstückseinnahme von der Köchin etwas zum Essen einpacken, nahm eines der Fahrzeuge und war dann den ganzen Tag unterwegs. Das eine Mal wurde ich von Augusto und das andere Mal von Otto begleitet. Immer fuhren in einem zweiten Wagen ein paar Männer unserer Truppe mit. Sicherheitshalber! Ich war gut bewaffnet, da verstand der Chef keinen Spaß, und so nutzte ich die Zeit für Schießübungen, indem ich auf die Jagd ging. Nicht dass ich ein Faulenzerleben führte, aber es war so richtig nach meinem Geschmack. Oft wanderte ich mit meiner Begleitung durch das Land und schaute mit meinem Fernglas, ob sich jemand da herumtrieb. Otto und Augusto sowie zwei der zur Schutztruppe gehörenden Männer hatten ihren Wehrdienst bei der brasilianischen Armee geleistet. Sie waren recht behände und krabbelten in null Komma nichts jeden Baum hoch.

Wilderer auf der Fazenda

So kam es, dass ich mit Augusto und zwei weiteren Männern zu Fuß auf Streife war, als wir auf Schüsse aufmerksam wurden. Wir überlegten, ob es sich um eigene Leute handeln konnte, doch war in dieser Gegend niemand eingeteilt. Also musste es sich um Fremde handeln. »Verdammt, das sind Wilderer!«, zischte Augusto verärgert. Das Kopfnicken der anderen beiden Männer bestätigte seine Mutmaßung. Da waren also irgendwelche Wilderer in unsere Fazenda eingedrungen. Wir horchten, aus welcher Richtung die Geräusche kamen, dann pirschten wir uns an. Ohne Zweifel lagen da einige Wilderer auf der Lauer und schossen sich Trophäen oder aber etwas Essbares für sich und ihre Familie. Sie mussten mit dem Rücken zu uns liegen, denn sie hatten uns nicht bemerkt. »Pass gut auf dich auf und halte dich zurück«, flüsterte Augusto mir zu, »schau erst mal, wie wir das machen!« Wilderer waren bewaffnet und galten als Kriminelle. Wenn sie der Justiz übergeben wurden, dann blieben sie mitunter für Jahre im Gefängnis. Da gab es kein Pardon. Auch wenn es für sie um das nackte Überleben ging. Von jeher hatten diese Menschen von der Jagd und Sammeln gelebt. Erst als das Gesetz hierherkam, war es anders geworden. Doch um Fleisch im Supermarkt zu kaufen, benötigt man bekanntlich Geld. Um Geld zu verdienen, braucht man Arbeit. Letzteres gab es aber nicht zur Genüge, also waren die hier lebenden Menschen gewissermaßen gezwungen weiterhin zur Jagd zu gehen. Auch wenn sie bei der Wilderei erwischt wurden, fand sich selten ein Weg, diese Straftat als solche zu umgehen. Auch wenn es der zuständige Forstschutz dementierte, so gab es immer wieder Beamte, die sich bestechen ließen. Jedoch nicht immer! Da diese Menschen ihre Handlungen als eine Art natürliches Recht ansahen, waren sie mit dem zu erwartenden Strafmaß nicht einverstanden und wehrten sich gegen eine Festnahme. Dabei benutzten sie auch ihre Jagdwaffen. Nicht nur um das eine oder andere Tier zu erlegen, sondern auch gezielt auf einen Menschen zu richten. Wie Augusto mir geraten hatte, hielt ich mich seitlich hinter den drei Kameraden, die jetzt in ein Unterholz eindrangen. Immer schön aus der Schusslinie bleiben, sagte ich mir. Da krachte wieder ein Schuss aus dem Dickicht vor uns. Ganz leise bewegten wir uns in die Richtung vor, in der wir die Wilderer vermuteten. Laut gesprochene Worte drangen zu uns herüber. Wieder ein Anzeichen dafür, dass wir bis jetzt unbemerkt geblieben waren. Die Männer auf der anderen Seite plapperten laut und zeigten sich mehr als zufrieden mit dem bisherigen Jagderfolg. Ich trug mein Gewehr am langen Arm und hatte bereits durchgeladen und entsichert. Dann ging alles sehr schnell, und ich muss zugeben, ich selbst war überrascht. Wir waren jedes Geräusch vermeidend ganz nah an die Wilderer herangekommen. Wir standen in ihrem Rücken. Meine drei Kameraden hatten die vier Männer entdeckt und stürmten laut schreiend auf die überraschten Wilderer zu. »Maos ao alto!« »Hände hoch«, schrien sie und stürmten vor. Zwei der Überraschten rissen die Arme sofort in die Höhe, während einer versuchte seitlich im Unterholz zu verschwinden, der vierte dieser

Männer eiskalt seine Waffe anlegte, um sich der Festnahme zu entziehen. Das Glück schien mir hold, denn ich war immer noch nicht von ihm entdeckt worden. Er stand seelenruhig da und zielte auf einen meiner Männer. Es blieb keine Zeit, um mir Gedanken zu machen, ob ich oder ob ich nicht von meiner Waffe Gebrauch machen sollte. Beim Übergreifen legte ich den Bügel von Einzelfeuer auf Feuerstoß um, richtete die Waffe in die Richtung des Zielobjektes, das etwa zehn Meter vor mir stand, und drückte den Abzug. Meine hastige Bewegung war nicht unentdeckt geblieben. Der besagte Wilderer warf den Kopf herum, da krachte auch schon das Tak-Tak der Schüsse aus meinem FN-Gewehr. Von zwei Kugeln getroffen, sank der Mann schreiend auf die Knie. Dabei fiel seine Waffe zu Boden. Von den Schüssen und Schmerzlauten aufgeschreckt, hielt der Flüchtende inne, riss die Arme hoch und wartete dort an gleicher Stelle, bis einer meiner Kameraden ihm die stählerne Handfessel anlegte. Alle mussten sich die Schuhe beziehungsweise die Stiefel ausziehen, und paarweise wurden ihnen die Füße verkettet. Auch der von mir getroffene Mann. Damit konnten wir einen eventuellen Fluchtversuch verhindern. Über Funk riefen wir im Lager an und baten um Hilfe. Augusto gab die genaue Position durch, in der wir uns befanden. Der Verwundete lag mit seinem Kumpan am Boden und heulte vor Schmerz. Eigentlich hatte er Glück gehabt, denn keine der Kugeln hatte ihn voll getroffen. Es handelte sich bei den Treffern nur um Streifschüsse. Doch die brannten auf seinem Pelz. Da blieben hernach lediglich einige Narben übrig, die ihn an unser Zusammentreffen erinnerten, wenn er irgend-

wann aus dem Gefängnis entlassen wurde. Sein Überleben hatte er der Tatsache zu verdanken, dass er seitlich von mir gestanden und meine Waffe gestreut hatte.
Wäre er mir jedoch mit voller Frontseite gegenübergestanden, ich müsste mir jetzt nicht mehr sein Wehklagen anhören. Wenn ich vorher schon bei meinen Leuten anerkannt war, so war ich von diesem Tag an wirklich einer von ihnen. Der Patron lobte unseren Einsatz,
als er von der Festnahme und der Übergabe an die
herbeigerufene Polizei erfuhr. Dies war dann für die
nächsten Stunden Gesprächsthema Nummer eins. Auf
dem Gelände unserer Fazenda gab es einen großen See
und am gegenüberliegenden Ende zum Abfluss des Sees
hin ein mehrere Quadratkilometer großes Sumpfgelände. Es war das Steckenpferd des jungen Patrons. Er
besaß eine kostspielige Fotoapparatur, mit der er dort
die Flora und Fauna auf Zelluloid bannte. Der See war
nicht klein. Obendrein war er sehr fischreich. Dort vertrieb ich mir meinerseits eine Menge an Zeit. Mit einer
selbstgebastelten Angelrute fing ich so manchen Fisch,
den ich dann in der Gemeinschaftsküche abgab. Meine
Begleiter taten es mir gleich. Auch sie vertrieben sich
die Zeit damit, in aller Ruhe darauf zu warten, bis ein
Fisch anbiss. Wir fischten mit Hühnergedärm oder mit
Regenwürmern. Die Köchin, eine junge unverheiratete
Frau, tat so, als freute sie sich jedes Mal, wenn ich ihr
einen Fisch oder eine andere Jagdbeute mitbrachte und
sie bat, diese zuzubereiten. Aber die Freude war wohl
doch nur gespielt. Das war immer mit Mehrarbeit verbunden. Mir fiel auf, dass sie nur bei mir ein freundliches Gesicht machte, wenn ich ihr meine Beute brachte,

jedoch meinen Kameraden gegenüber abwehrend reagierte. »Das könnt ihr selbst putzen«, rief sie und fuchtelte mit dem großen Küchenmesser herum. Beängstigend, diese kleine Person mit dem großen Messer. Dagegen schaute sie mich immer so gierig mit ihren großen, braunen Augen an. Meine Kollegen stichelten so lange, bis ich sie dann in mein Häuschen mitnahm und mit ihr eine nette, heiße Nacht verbrachte. Im Anschluss kam sie, Maria, dann immer wieder. Ließ nicht locker! Sie war ein zärtliches Ding. Und gut gewachsen war sie. Wir beide hatten sehr viel Spaß miteinander. Ausgenommen, ich ging auch auf nächtliche Streife. Eines Tages dann ging sie nicht mehr zurück in ihre Unterkunft, sondern brachte ihr Hab und Gut zu mir. Ich schaute ihr still und abwartend zu, wie sie all ihre Dinge anschleppte und wie selbstverständlich einräumte. Als sie fertig damit war, kam sie zu mir und setzte sich neben mich auf die Bettkante und machte ein zufriedenes Gesicht. »So«, war ihr ganzer Kommentar. Von da an lebten wir wie Mann und Frau zusammen. Ich hatte mir eines schönen Tages aus dem Sägewerk einen Baumstamm bringen lassen, der jetzt vor meinem Häuschen lag und den ich jeden Abend mit einem Hohleisen bearbeitete. Zuerst die äußere Form und dann die innere Aushöhlung. Um die Wanddicke einigermaßen gleich stark zu halten, bohrte ich etwa vier Zentimeter lange Löcher in die zukünftigen Seitenwände und steckte in diese kleine, dünne Holzstifte. Da ich ein solches Arbeiten nicht gewohnt war, hatte ich schon am ersten Abend blutige Schwielen an den Händen. Wann immer möglich wechselte ich die

Hand, mit der ich das Eisen schlug, doch war dies zwecklos. Unter dem schadenfrohen Grinsen meiner Kameraden biss ich die Zähne zusammen, auch wenn meine Hände wie Feuer brannten. Sie wetteten, dass ich bald das Hohleisen in die Ecke werfen würde. Die einen glaubten früher, die anderen später. Der Einzige, der überzeugt war, dass ich bis zum Ende durchhalten würde, war Augusto. Jetzt, wo alle den Glauben an mich verloren hatten, wollte ich auf keinen Fall aufgeben. Unter den mich anhimmelnden Blicken von Maria tat ich, was zu tun war. Nachdem ich mein tägliches Werk eingestellt hatte, rieb sie mir meine zerschundenen Hände mit Melkfett ein. Das Kanu war am Ende dann doch fertig, nachdem ich mir noch den Luxus einer Sitzbank eingebaut hatte. Waren meine Hände am Anfang voller Blasen und Schwielen gewesen, jetzt waren sie von einer dicken schützenden Hornhaut überzogen. Dieses Hohleisen war ein recht tückisches Werkzeug, daher war ich froh, als ich es nicht mehr brauchte. Unter den Männern hatte ich mir einen gewissen Respekt erworben. Für mein Kanu benötigte ich noch ein Paddel. Auf der Fazenda gab es mehrere Werkstätten, darunter auch eine kleine Schreinerei, zu der ich hinfuhr und in der ich mir vom Schreiner mehrere Langhölzer zusammenleimen ließ, um mir daraus ein Doppelpaddel herzustellen. Sobald ich auch dieses besaß, lud ich das Ganze mit der Hilfe eines Mitarbeiters auf einen der Kleinlaster und wir fuhren zum See, wo wir das Boot zu Wasser ließen. Mit diesem Einbaum fuhr ich, so oft ich konnte, auf den See zum Fischen hinaus. Meist von Augusto begleitet, der keine

Angst vor Wasser hatte. Die meisten der Männer, mit denen ich zu tun hatte, waren Nichtschwimmer. Sie fühlten sich nur mit festem Boden unter den Füßen wohl oder auf dem Rücken ihrer kleinen, struppigen Pferde.